folio junior

Les aventures de Garin Trousseboeuf

Évelyne Brisou-Pellen

Les sorciers de la ville close

Illustrations de Nicolas Wintz

GALLIMARD JEUNESSE

Pour Elisa

1
Mauvaise posture

Garin se réveilla en sursaut : des bestioles lui couraient partout sur la peau. Elles s'étaient infiltrées traîtreusement sous ses vêtements, ces saletés de… de quoi, au fait ?

Crédiou ! il était couché sur une fourmilière !

Il bondit sur ses pieds en se donnant des claques désordonnées. Le seul résultat fut que sa peau devint encore plus rouge et cuisante, sans rien améliorer à ces maudites démangeaisons. Il haïssait les fourmis… du moins aujourd'hui. Sales bêtes !

Il arracha sa chemise, défit vivement chausses et braies*, courut à la mer et plongea.

Aaaah ! C'était mieux ! Il se frotta pour dénicher les dernières indiscrètes qui s'accrochaient maintenant à lui dans l'espoir d'échapper à la noyade.

– Personne ne vous a invitées, ricana-t-il, c'est tant pis pour vous, mes belles. Ça vous apprendra à vous attaquer au célèbre Garin. Garin Troussefourmi !

C'est à ce moment qu'il entendit des pas. Une femme, grande et forte, s'avançait sur le chemin qui longeait

* Chausses (en bas) et braies (en haut) sont devenues le pantalon.

la grève. Ahi ! Et lui qui était tout nu dans l'eau ! Avait-il le temps de courir récupérer ses vêtements sans qu'elle le voie ?

Trop tard.

– Bonté divine, s'exclama-t-elle en l'apercevant, drôle d'idée de se baigner dans la mer ! Il y a la rivière pas loin et l'eau en est bien meilleure pour se laver.

Elle lui avait parlé en breton, et Garin répliqua de même :

– Je ne me lave pas. Je…

Qu'allait-il inventer ? Il jeta un regard vers la ville, énorme rempart planté au milieu de la baie.

– Je n'ai pas vu de passeur et je me demandais si on pouvait gagner Conq* à la nage.

Et alors ! Il n'était pas interdit de se vanter un peu ! Même s'il était évident qu'il ne pouvait pas s'éloigner, d'une part parce qu'il ne savait pas nager, d'autre part

* Ancien nom de Concarneau.

parce qu'il avait laissé sur la berge ses vêtements, les deux deniers qui lui restaient, et sa précieuse écritoire.

– Il y a un passeur. Heureusement et malheureusement, soupira la femme d'un air entendu auquel Garin n'entendit rien du tout. Évidemment, il n'a pas beaucoup de travail en ce moment.

Là, Garin aurait dû demander pourquoi ce passeur manquait d'activité, mais il était si préoccupé par sa situation délicate qu'il n'y pensa pas. La femme poursuivait son discours : elle avait remarqué son accent et voulait savoir s'il était français. Or, depuis qu'il circulait en Bretagne, Garin avait appris à ses dépens que s'il répondait « oui » à cette question, ça finissait toujours par lui retomber sur le coin du nez. D'ailleurs, qu'il soit né au Mans ne regardait personne. Il répliqua au hasard qu'il était de Tréguier. Pourquoi Tréguier ? Parce que ça se trouvait loin, sur la côte nord, et que nul n'irait vérifier.

Sambieu, elle allait rester là longtemps, comme ça ? Il commençait à se sentir comme une mouillette dans un œuf à la coque et... Oh non ! elle était en train de poser sur le sol le bruyant panier qu'elle portait au bras, et s'asseyait avec l'air d'avoir tout son temps. Juste à côté de ses affaires !

Comment s'en tirer ? Attendre qu'elle détourne la tête ?

... Ahi ! Alors là c'était trop : une jeune fille venait de faire son apparition au débouché du sentier.

– Il y a quelqu'un qui se baigne ? lança la nouvelle venue en s'approchant de la grosse femme. De loin, je croyais que c'était une balle en vessie de porc qui partait à la dérive.

Merci bien. Trop gentille.

– C'est un garçon ?

Hum... Si Garin sortait de l'eau, elle aurait tout de suite l'information. Seulement, les informations, ça ne se divulgue pas aussi facilement. Non mais...

Mordiou ! la jeune fille venait de s'asseoir aussi. Elles allaient tenir une conférence ou quoi ?

– Dis donc, Pezron, commença la demoiselle, j'ai entendu parler de... Enfin, des bruits courent comme quoi les affaires de Nicole pourraient s'arranger. En tout cas, le dernier obstacle aurait été levé. C'est vrai ?

La dénommée Pezron ne répondit que par une mimique un peu gênée.

– Alors tu peux lui dire, à Nicole, que je croise les doigts pour elle. Tu lui transmettras ?

Garin se moquait royalement de cette Nicole. Il se faisait l'effet d'une cerise en train de confire dans le sirop. Une idée, vite !

– Le ciel est avec moi, s'exclama-t-il, je cherchais justement une femme pour me donner un conseil… Ma chemise a besoin d'être réparée, mais, vu son état, je me demande si ça en vaut la peine. Vous pouvez me dire si je dois la faire raccommoder, ou bien carrément la remplacer ? Elle est là, près de vous.

Pezron attrapa entre deux doigts experts le vêtement incriminé.

– Elle me paraît encore en bon état, commenta-t-elle.

– C'est que vous n'avez pas tout vu. Tenez, envoyez-la-moi.

La femme se leva pour mieux lancer.

– Attention, dit-elle, rattrapez-la bien !

– Pas de danger que je la rate…

Aïe ! La chemise était tombée dans l'eau. Sans hésiter, Garin l'enfila quand même avant de se mettre à examiner ostensiblement le tissu.

– Vous avez raison, c'est bizarre, j'étais persuadé qu'elle était percée… Je dois confondre avec mon autre chemise, qui est là, dans mon sac.

Il désigna sa besace, ce qui détourna un instant l'attention des femmes et, tout en faisant discrètement descendre le vêtement le long de son corps à mesure qu'il sortait de l'eau, il s'avança vers la rive. Puis il ramassa ses braies et les enfila d'un air distrait en poursuivant :

– On ne se méfie jamais assez de la qualité de ce qu'on porte. Figurez-vous que j'avais un oncle, qui était tout le temps d'une humeur de chien. (A l'abri de sa chemise, il roulait avec dextérité ses braies à la ceinture, après quoi il saisit ses chausses et y glissa les jambes.) J'ai découvert que c'était par la faute d'une paire de chausses comme celle-ci dont le fil avait été tissé un jour d'orage, alors que la foudre menaçait, par une jeune fille apeurée qui n'accordait aucune attention à ce qu'elle était en train de faire.

Ses chausses bien ajustées, Garin les fixa à sa ceinture puis, fouillant dans sa besace, il en extirpa une chemise sèche.

– Voyons… fit-il en étirant le tissu entre ses doigts. Étrange, je ne retrouve pas le trou.

Il ôta sa chemise mouillée et l'échangea rapidement contre la sèche. Ses deux spectatrices le considéraient d'un air un peu ébahi.

– Oh ! mais dites donc, souffla enfin la jeune fille en commençant à comprendre, c'est un petit futé, celui-là ! Il m'a l'air d'être doué pour déguiser le hareng : m'est avis qu'il se baignait tout nu et qu'il a trouvé le moyen de sortir de l'eau sans nous montrer ses fesses.

Garin prit un air effrayé :

– Les rhumes de fesses sont les pires. Vous ne voudriez pas ma mort, quand même !

La jeune fille éclata de rire.

– Bon, dit-elle, il faut que je m'en aille. N'oublie pas mon message, Pezron. Et toi, bel inconnu, comment t'appelles-tu ?

Bel inconnu ? Crédiou, Garin aurait bien voulu se tromper, malheureusement il était persuadé qu'il avait pris une couleur crête-de-coq. Il mit vite sa main devant sa bouche et toussa. Avec un peu de chance, ça dissimulerait sa rougeur.

– Je m'appelle Garin, lança-t-il enfin d'un ton narquois. Garin Troussechemise.

La jeune fille pouffa de nouveau.

– Tu as un drôle d'accent, fit-elle remarquer. Si tu es

français, sois prudent. Les Anglais tiennent la région et ils seraient bien capables de te pendre à une corde juste pour voir à quelle vitesse sécherait ton linge.

– Il est breton, précisa Pezron, mais de Tréguier. Par là-bas, ils parlent bizarrement.

Et elles s'éloignèrent toutes deux en bavardant.

Garin en profita pour tâter rapidement sa ceinture de toile. Ouf ! les deux malheureux deniers qui étaient sa seule fortune présente s'y trouvaient toujours. C'était si peu qu'il n'avait même pas pris le soin de les cacher dans les semelles de ses souliers. D'ailleurs, ses semelles étaient percées, et l'argent n'y serait guère plus en sécurité. Bah ! il ne fallait pas songer à cela. Pas non plus à ses bonnes chausses de laine, toutes neuves, qu'il avait perdues dans le bouge infâme pompeusement nommé l'Auberge du Croissant de Lune où il avait passé la dernière nuit.

Avaient-elles été volées par les voyageurs avec qui il partageait l'unique lit ? Par l'aubergiste lui-même ? Elles n'étaient plus dans son sac, c'est tout ce qu'il y avait à en dire, et les gémissements avaient rarement ramené des chausses au pas de course. Si on voulait garder un peu de cette bonne humeur qui simplifie la vie, mieux valait considérer qu'elles n'avaient jamais existé.

Et pourtant il les avait achetées au marché de… Non. Elles n'avaient jamais existé.

Il leva la tête et examina plus attentivement la ville. Conq était une véritable île fortifiée. Des toits dépassaient, et le clocher d'une église, c'est tout ce qu'on pouvait en voir, mais ça lui plaisait. Beaucoup de toits, cela signifiait beaucoup de monde. Beaucoup de monde faisait espérer beaucoup de travail pour lui. Or, il fallait qu'il renfloue ses finances, car l'été tirait à sa fin et bientôt, avec les pluies, circuler deviendrait plus difficile.

« N'entame jamais un hiver sans provision », telle était sa devise. Enfin... une de ses nombreuses devises, qui lui donnaient l'impression d'être armé contre l'adversité. Il gonfla ses poumons avec délices. L'air de la mer lui emplit aussitôt la tête d'embruns, d'odeurs d'algues, d'immensité... et d'une vague appréhension. Il faut dire que la dernière fois qu'il avait vu la mer, il l'avait vue de trop près. Il avait bien failli se faire dévorer tout cru et finir dans son estomac sans fond. C'est une chose qu'il ne risquait pas d'oublier. Cela se passait aussi dans une baie, celle du Mont-Saint-Michel, où lui était arrivée cette stupéfiante histoire de crâne*. Aujourd'hui, rien que les mots « sables mouvants » lui donnaient des sueurs froides.

Bon. Là, il ne risquait rien : il se tenait sur la terre ferme et la mer était haute. La jeune fille avait disparu et la femme revenait vers lui. Pezron... Drôle de nom. Drôle de femme. La couperose dessinait sur ses joues un peu flasques de petits traits violets, et le bout de son nez illuminait son visage d'un bel écarlate. Servait-il de phare aux navires en détresse ?

– C'est combien pour passer le bras de mer ? demanda-t-il.

– Deux deniers.

Ahi ! Sa fortune tout entière !

– Et on ne peut pas passer à pied sec ?

– Pas de ce côté. Seul l'autre bout de l'île est relié à la terre ferme à marée basse. Vous pouvez faire le tour, si

* Dans *Un crâne percé d'un trou* (Folio Junior n° 929).

vous voulez, sauf que vous en aurez pour un moment, qu'il vous faudra traverser la rivière, et que la nuit ne va pas tarder à tomber.

Traverser la rivière… Ça ne lui disait rien qui vaille. Se mouiller alors qu'il n'avait plus de chemise sèche, ni de chausses de rechange depuis que ses bonnes chausses en laine… Non. Elles n'avaient jamais existé.

Deux deniers … Et ce soir, comment allait-il manger, alors ?

2
Une ambiance un peu tendue

Lorsque la barque du passeur accosta, ses passagers descendirent rapidement à terre pour s'enfoncer sans perdre un instant dans le chemin creux. C'est que la nuit qui s'annonçait risquait fort d'être sans lune, et qu'ils voulaient regagner leur toit avant que korrigans, poulpikans, lutins farceurs, fées mal intentionnées et revenants de tout poil ne leur tombent dessus. Sans compter les sirènes, les morgans et les autres qui hantaient les grèves.

Bon… Tout bien considéré, Garin donna ses deux deniers au passeur, enjamba la coque et s'installa sur la planche de bois qui marquait le centre de la barque.

Il fit bien de s'asseoir aussitôt, car l'embarquement de Pezron provoqua un tel tangage qu'il dut s'agripper aux bords. Quoi ? Le bateau avait déjà quitté la terre ferme ? La femme fut précipitée sur le banc, où elle aurait pu s'assommer si elle n'avait pas mis sa main en avant.

Crédiou ! Vu la tête du passeur, Garin aurait juré qu'il avait fait exprès de partir aussi brusquement.

Pezron lâcha sur le fond de la barque son panier à claire-voie (qui se mit à caqueter avec effroi), et s'épongea le front sans faire la moindre réflexion. Tout son visage avait viré au même pourpre que son nez. L'atmosphère était pesante.

Garin fit comme s'il ne s'était rendu compte de rien et se tourna vers la ville pour détailler l'énorme masse de pierre qui venait vers lui. Une grosse tour gardait la porte d'en face. En haut des murailles, on apercevait l'éclat métallique des casques des gardes. Tout cela donnait un sentiment de sécurité. Quand les batailles faisaient rage, quand les soldats dévastaient la région, les habitants des campagnes devaient accourir là pour s'y réfugier.

Il y avait aussi fort à parier que les plus riches commerçants s'y étaient établis, bien à l'abri. Hé hé… Il avait donc ses chances.

– Vous croyez que je pourrai trouver du travail comme scribe ? demanda-t-il à Pezron.

– A Conq ?

Garin se contenta d'un signe de tête. Naturellement, à Conq ! Quelle question ! Pourquoi avait-elle cet air ahuri ?

La femme avait du mal à reprendre son souffle. Elle se pencha vers son panier en émettant des bruits de bouche destinés apparemment à calmer les volailles (et sans doute aussi à lui donner le temps de retrouver ses esprits). On aurait dit qu'elle ne voulait surtout pas que le passeur remarque son trouble.

– Vous comptez donc y demeurer un moment ? reprit-elle d'un ton incrédule.

– Pourquoi, il y a déjà plusieurs scribes ? s'inquiéta Garin.

– Non… Non. Il n'y a pas grand monde qui sache écrire, chez nous.

Le vent les enveloppa d'un coup. La mer s'agita en toutes petites vagues qui frappèrent le bois avec des bruits sourds. La barque sembla hésiter un instant, puis se mit à exécuter des mouvements de danse saccadés, parfaitement déplaisants pour l'estomac. Le passeur cracha un long jet de salive dans l'eau et, sans accorder la moindre importance au roulis, lâcha :

– Vouloir aller à Conq en ce moment, c'est une drôle d'idée.

Il ne dit rien de plus, et une vague crainte saisit Garin. En d'autres circonstances, il aurait demandé des explications, mais voilà que son estomac tentait des bonds jusqu'à ses lèvres et il préféra s'appliquer à respirer bien profondément en fixant le clocher qui surgissait des remparts au rythme horriblement régulier des mouvements de la barque.

– Vous êtes comme mon neveu, commenta la femme. Le pied sur le ponton, vous avez le mal de mer.

– Je connais un gars, répliqua Garin avec un remarquable effort de volonté, qui, le pied sur une taupinière, a le mal des montagnes.

La barque heurta violemment la grève. Garin fut projeté en avant, et il dut mettre la main devant sa bouche pour s'empêcher de vomir. Encore une fois, le batelier l'avait fait exprès. Sûr et certain !

Ils avaient accosté au pied des remparts, un peu trop loin de la porte d'accès. Sans faire le moindre commentaire, la femme saisit son panier, s'assit sur le rebord, passa les jambes de l'autre côté et se laissa tomber. On entendit « plouf ! ». Comme par hasard, le bateau s'était échoué en bordure d'un trou d'eau.

– Il devait être furieusement saoul, celui qui vous a signé l'autorisation de faire le passeur ! grogna Garin en ôtant ses souliers pour débarquer à son tour.

L'homme ne répondit pas. Un rictus ironique déformait sa bouche. Il reprit sa godille et le bateau quitta souplement la grève.

– C'est mon beau-frère, chuchota Pezron en tordant le bas de sa robe gorgé d'eau. Il ne vous en veut pas, c'est à moi. Et dire qu'on est obligé d'en passer par lui pour traverser !

Garin se sentait l'estomac horriblement barbouillé. Il avait rassemblé toute son énergie pour râler contre le passeur, et maintenant, il aurait voulu qu'on lui fiche la paix, qu'on se taise, qu'on le laisse tranquille. Il voulait faire le bigorneau, voilà. Il rentrerait dans sa coquille et n'y serait plus pour personne.

– Ça ne va pas mieux ? s'inquiéta la femme.

– Si si. Tout va bien. Je vais juste m'allonger là pour mourir.

Pezron eut un petit sourire compatissant.

– Demeurez donc un moment immobile, et vous allez vous remettre. Je peux vous laisser ?

Garin s'essaya à un rictus plein d'ironie, saisit mollement ses souliers et commença à les enfiler. Finalement, il avait bien fait de choisir la carrière de scribe plutôt que celle de marin.

En relevant la tête pour regarder la femme qui s'éloignait, il remarqua un vieil homme très maigre – chausses grises, chapeau gris, chaperon* noir enserrant un visage

---

* Vêtement à capuchon.

au nez d'aigle – qui le dévisageait d'un air indécis et soucieux. On aurait dit qu'il avait d'abord eu l'intention de lui parler, puis qu'il avait changé d'avis, comme s'il l'avait pris pour un autre et s'était ensuite aperçu de son erreur. Plissant les yeux avec d'affreuses grimaces, il se mit à scruter l'autre rive. Attendait-il quelqu'un qui aurait dû prendre ce bateau ?

Il surveillait visiblement la progression de la femme, car à peine eut-elle disparu, qu'il demanda à Garin :

– Il n'y avait personne d'autre, là-bas ?

Garin respira un grand coup d'air du large. Il commençait à reprendre vie.

– Nous n'étions que deux, dit-il enfin.

– Personne ne s'est présenté à la grève pendant que vous étiez sur l'eau ?

– Ma foi… je regardais de l'autre côté, vers la ville. Je n'ai pas prêté attention. Vous attendez quelqu'un ?

– Non, non. C'était juste pour parler.

Drôle de manière de parler. Drôle de manière de nier trop vite. Drôle de manière de lancer des regards anxieux.

– Eh bien, commença Garin, juste pour parler je vous demanderais bien si vous connaissez quelqu'un qui aurait besoin d'un scribe.

L'homme le considéra d'un air à la fois méfiant et surpris.

– Si… répondit-il enfin comme s'il réfléchissait tout en parlant. Si. Moi j'en ai besoin.

Crédiou quelle veine !

– Je n'y vois plus très bien, reprit l'homme, et il me faudrait… Enfin, je vous expliquerai. Je m'appelle Colas Kerével. Je suis apothicaire.

Le vieux était vraiment bizarre, avec sa petite barbiche en pointe et son œil qui s'échappait sans cesse sur la droite, comme pour surveiller partout en même temps. Grimaçant de nouveau – sans doute parce qu'il devait exagérément plisser les yeux pour distinguer les choses, il jeta un dernier regard vers l'autre rive.

– Il n'y a personne qui attende le bac de l'autre côté, informa Garin.

– Non ? Non… Mais je n'attends personne.

Garin ne répondit pas.

Héhé… Ainsi donc, c'est avec une grande impatience qu'il n'attendait personne, le vieil apothicaire. Qui ? Cela ne le concernait pas…

Et comme tout ce qui ne le concernait pas, cela l'intriguait bigrement.

3

L'antre du diable

Garin n'eut le droit de pénétrer dans la ville qu'après avoir décliné aux gardes son identité (sous le coup d'une inspiration flottante, il annonça « Garin Troussemarée »), et le lieu d'où il venait, à quoi il répondit par le premier nom qui lui vint à l'esprit : Reims.

– Reims ? s'étonna le soldat.

Il avait un drôle d'accent, celui-là. Ahi ! c'était un Anglais ! On lui avait bien dit que les Anglais tenaient la ville. Reims se trouvait-il en France ?... Oui, bien sûr ! S'il connaissait ce nom, c'est parce qu'on y sacrait les rois.

– Pas « Reims », se reprit-il aussitôt en parlant du nez. « Brest ».

Brest, oui. C'était à peine un bourg, flanqué d'une forteresse. Moins célèbre que Reims, mais aussi moins risqué puisque les Anglais l'occupaient.

Garin dut ensuite déclarer qu'il ne transportait aucune marchandise et ouvrir son écritoire pour en présenter le contenu. Cela lui rappela que sa pauvre boîte, pleine de coups et de blessures, ne contenait plus le moindre morceau de parchemin. Pourvu qu'il trouve à s'en procurer ici !

Avec une maladresse exaspérante, le soldat fouilla dans les lames à gratter, souleva son scalpel, étudia le poinçon, le pain de cire à cacheter, le sablier, la corne à encre. Enfin, d'un geste impatient – comme s'il lui faisait une grande faveur –, il l'autorisa à pénétrer dans la bonne ville de Conq.

– Bonsoir, maître Colas, lancèrent des femmes qui attendaient leur tour devant le four.

Sans quitter son air préoccupé, l'apothicaire répondit par un vague signe de la main.

Un moment, les femmes dévisagèrent Garin, puis elles se détournèrent et reprirent leur conversation à voix basse.

Apparemment le four de la ville s'était établi avec prudence en bordure d'un vaste terrain vague, et assez près d'un puits – devant lequel plusieurs personnes faisaient aussi la queue. Plus loin, se dressait aussi un petit château.

L'apothicaire ne se dirigea pas de ce côté. Il traversa un cimetière envahi par les mauvaises herbes et les mauvaises odeurs, et s'engagea finalement dans une rue.

La ville ayant très peu de place sur son étroit rocher, cette rue, qui la coupait en deux dans le sens de la longueur, était d'ailleurs la seule digne de ce nom.

A cette heure du soir, sur les étals encore en place, on ne voyait plus rien d'appétissant. Les oublies se racornissaient et les quelques poissons qui restaient tournaient de l'œil. Seule la poterie faisait encore bonne figure.

Garin aimait bien les villes, c'était joyeux et vivant, il y avait du monde partout… Pourtant, celle-ci ne lui paraissait pas vraiment animée. C'est alors que lui revint en mémoire aussi une phrase qu'avait prononcée le passeur, du genre « aller à Conq en ce moment… ».

– Dites-moi, demanda-t-il à l'apothicaire, cette ville a-t-elle des soucis ?

L'homme haussa les épaules.

– C'est à cause des morts que nous avons eus. Plusieurs.

Quoi ? Et c'est maintenant qu'il apprenait ça ? S'il s'agissait d'une épidémie… Les villes, il n'y avait rien de plus affreux par temps d'épidémie ! Affreux !

– Les gens s'inquiètent, commenta l'apothicaire d'un ton sarcastique.

Évidemment ! On en sortait à peine, d'une abominable peste, et la peur restait au ventre. S'il avait su !

Discrètement, Garin glissa le pouce dans son oreille droite et posa l'auriculaire sur sa narine. C'était le meilleur signe de protection qu'il connaisse. En tout cas, jusqu'à présent, il lui avait porté chance. La preuve : il était toujours vivant.

– Il y a eu des décès… récemment ?

– Quelques morts ne font pas l'épidémie.

Peut-être… Garin lui-même avait connu un village où, la population ayant été décimée, on avait d'abord cru à une terrible maladie, pour se rendre compte ensuite que tous revenaient de la même noce. Ils avaient été empoisonnés par l'eau du puits qu'on avait rajoutée au dernier moment dans le potage pour l'allonger.

Bon. « Quand ta bourse est vide, ne prête pas l'oreille à ce qui pourrait t'empêcher de la remplir », vieux proverbe génois, traduit de l'allemand par saint Garin.

– Est-ce que ça ne pourrait pas être la faute de l'eau ? insinua-t-il.

– L'eau est toujours dangereuse, elle grouille de maladies et il vaut mieux en boire le moins possible, cependant je ne la crois pas responsable de ces cas. (Il jeta un regard à Garin.) Toi, tu n'as pas besoin d'avoir peur : tu me parais solide. Avec ton air déluré et tes cheveux pleins de vitalité, tu respires la santé.

« *Pleins de vitalité* » ! Et lui qui avait toujours traité ses cheveux d'ébouriffés, de résidus de mangeoire à fourrage, de champ de blé en jachère !

– Normal d'ailleurs, continuait l'apothicaire. Maigre comme je te vois, tu es le genre à avoir manqué de tout dans ta prime enfance, à avoir été engraissé au pain noir et à la bouillie d'avoine. Le seul fait que tu aies survécu prouve ta résistance.

Eh ! Il avait détecté tout ça en un coup d'œil ? L'homme ne lui avait encore rien dit sur le travail qu'il lui proposait, mais en temps de maladie, une officine d'apothicaire n'était pas un mauvais endroit pour séjourner. Voilà qui remontait le moral. Autre signe favorable : il y avait dans cette rue un pâtissier. Malheureusement il n'avait plus rien sur son étal qu'il était d'ailleurs en train de replier. Apercevant l'apothicaire, il lança :

– Comment est la mer, maître ?

– Clapot, répliqua sobrement celui-ci.

Beurk ! qu'on ne prononce plus ce genre de mot à vous lever le cœur !

– M'étonne pas, acquiesça l'autre, je prévois la tempête. Accrochez les auvents, ça va souffler !

Dans l'étroite rue, Garin repéra une enseigne de tailleur, dont il pourrait utiliser les services dès qu'il aurait gagné de quoi remplacer ses chausses qui n'avaient jamais existé. Elle voisinait avec celle d'un drapier et celle d'un marchand d'hypocras*. Plus loin, un nuage de

---

* Boisson à base de muscat, de miel et d'amandes pilées.

mouches signalait une boucherie. Suivaient deux maisons, puis l'échoppe d'un apothicaire. C'est là qu'ils s'arrêtaient.

Bien qu'il n'y ait personne dans la boutique, la porte en était grande ouverte. On ne craignait guère les voleurs, par ici ! Des dizaines de pots étaient alignés sur les étagères, dans un superbe ensemble.

– Vous ne fermez pas la porte ? s'étonna Garin.

– La ville est sûre. Notre duc l'a confiée aux Anglais pour nous défendre contre les Français, et il y a tant de soldats partout, que ça dissuade les voleurs. Sans compter que nous bénéficions d'une paix bien soulageante.

– Jusqu'à ce que les Français attaquent, commenta Garin du ton de celui qui a vu le monde et son cortège de misères.

– Ils ne s'y risqueront pas. Nous sommes isolés par la mer, et nos murailles en ont vu d'autres !

Garin jeta un nouveau coup d'œil autour de lui. Il faisait de plus en plus sombre.

– Vous m'avez parlé d'un travail, commença-t-il.

– Oui…

Voilà que, soudain, l'homme semblait embarrassé. Il se gratta la joue, l'autre, puis la cuisse, le bras, comme s'il était pris de démangeaisons partout.

– Connaissez-vous les plantes et les remèdes ? s'enquit-il enfin.

Garin aurait volontiers affirmé qu'il n'y avait pas plus savant que lui pour la raison qu'il avait été élevé par un herboriste gallois, s'il n'avait été retenu au dernier moment par cette maxime toute simple : « Ne mens que si tu es sûr que ton mensonge ne sera pas découvert. »

– Je n'y connais pas grand-chose, avoua-t-il en craignant d'avoir perdu son travail avant même de commencer.

– Hum… Hum… Ce n'est peut-être pas plus mal. Je me méfie de ceux qui croient savoir et mélangent tout parce qu'ils ignorent qu'ils ignorent.

Hé ! Jolie phrase ! Garin s'en resservirait à l'occasion.

– Vous connaissez la totalité de ces plantes ? s'étonna-t-il en comptant mentalement les bocaux alignés.

– Je les connais, dit l'homme. C'est mon métier. Le tien est d'écrire, je crois.

– Pour l'instant, rectifia Garin sans savoir pourquoi.

Et il s'entendit ajouter :

– J'attends d'avoir amassé un petit pécule pour m'embarquer, voguer vers le Levant où mon père est prisonnier. Là, je lèverai une armée pour combattre les Turcs et le délivrer de leurs geôles puantes.

« Geôles puantes » n'était pas mal.

– Qu'allait faire votre père là-bas ? Il était en pèlerinage ?

Ç'aurait été facile de répondre « oui ». Trop facile.

– Pas du tout, répliqua Garin. Il était en route pour le pays de la soie : il se rendait chez le grand Khan, l'empereur des Mongols, qui habite de l'autre côté du monde. N'en parlons plus, s'il vous plaît, cela me fait trop de mal.

C'était quand même plus enthousiasmant que la vérité vraie : un père poseur de pavés (quand il avait du travail), ivrogne, violent, ne se rappelant qu'il avait des enfants que pour les chasser de la maison à coups de ceinturon. A cause de lui, Garin avait passé toute son enfance dans la rue. Il se revoyait, au plus froid de l'hiver, claquant des dents sous un porche d'église. Bah ! Après tout, il ne devait pas avoir de regrets : c'est comme ça que, pour se réchauffer, il s'était mis à fréquenter l'école. C'est comme ça que, finalement, il avait pu devenir scribe.

– Voilà votre linge, maître, lança une grande femme au visage rougeaud en franchissant la porte.

De ses deux bras puissants, elle déposa sur le plancher un grand panier plein de vêtements soigneusement pliés et, s'avisant de la présence de Garin :

– Qui c'est, celui-là ?

– Un scribe, répondit Colas Kerével. Il va m'aider à refaire mes écritures.

La femme eut un sourire malin en direction de Garin.

– Des noms barbares ! grimaça-t-elle. Et en plus, ça ne soigne rien du tout. Le meilleur remède, c'est une joyeuse fête, où l'on chante et l'on danse. C'est ça qui guérit de tous les maux.

– Ma pauvre Nicole, soupira l'apothicaire en haussant les épaules, si cela suffisait, ça se saurait, et je ne verrais pas défiler dans mon échoppe autant de malades et d'estropiés.

Tiens donc ! C'était là cette fameuse Nicole.

– Et votre vue ? répliqua la femme. Vous ne savez même pas la soigner avec vos remèdes du diable ! Vous feriez mieux de vous distraire, et vos yeux guériraient plus sûrement. Regardez les korrigans, ils vivent très vieux, et qu'est-ce qu'ils font toute la journée ? Ils dansent ! Vous n'avez qu'à voir…

L'apothicaire fit comme s'il n'entendait pas. Il se saisit du panier et passa dans l'arrière-boutique. Un moment Nicole le suivit des yeux. Elle ne s'en rendait sans doute pas compte, mais elle tendait le cou en faisant filtrer son regard entre les paupières comme pour percer l'obscurité de la petite pièce. Garin tourna la tête pour y regarder aussi et la femme reprit instantanément une attitude normale.

– Remarquez, reprit-elle à voix plus basse, les hommes ne peuvent pas danser aussi longtemps que les korrigans, et ceux qui se laissent entraîner dans leur ronde en meurent.

– Ne m'en parlez pas, souffla Garin du même ton, j'ai moi-même été enlevé par eux dans mon jeune âge. Quand on m'a retrouvé au milieu de la lande, mes petits sabots de bois étaient tellement usés qu'ils en étaient percés et qu'on en a fait des jougs pour les chats.

Nicole ouvrit des yeux effarés.

– Les jougs, c'est pour les bœufs. Et des chats, on n'en a guère ici, c'est bestioles inquiétantes. On peut les atteler ?

– Oui, imagina aussitôt Garin, parce que dès qu'on leur passe le joug, ils prennent la taille d'un bœuf. C'est très pratique.

Nicole n'eut pas l'air de douter un instant de l'information. Elle dessina devant elle un rapide signe de croix et chuchota d'une voix troublée :

– C'est des animaux du diable ! Surtout les noirs, qui accompagnent les sorcières au sabbat. Allez va ! Il faut que je m'en aille. Je n'aime pas être dehors la nuit.

Elle fit un pas vers la porte, puis, se ravisant :

– Je suis lavandière. Si vous avez besoin de mes services… J'habite au faubourg de l'Aire-l'Évesque.

Il était hors de question que Garin gaspille ses premiers sous (qu'il ne tenait pas encore) en lessive. Il se fit néanmoins expliquer que ce faubourg se trouvait hors des murs, sur la terre ferme, juste en face de la porte principale de la ville.

– J'ai fait vœu de laver moi-même mes vêtements jusqu'à ce que mon père soit libéré par les Turcs, expliqua-t-il d'un air modeste.

– Dommage, soupira la femme en le soupesant de l'œil. M'avez pas l'air bien gros, vos vêtements sont minces et sûrement moins difficiles à laver que ceux du boucher, qui me les donne toujours pleins de sang et de graisse.

– J'y pense, interrompit Garin. Sur la grève, j'ai rencontré une jeune fille qui voulait vous faire passer ce message : comme le dernier obstacle est levé, elle croise les doigts pour vous.

A la surprise de Garin, Nicole rougit violemment. Elle lança un regard bref et involontaire vers l'arrière-boutique, fit un vague signe de tête et sortit en trombe, comme si elle venait d'apercevoir quelqu'un dans la rue et qu'elle voulait lui parler.

– Nicole est partie ? demanda l'apothicaire en réapparaissant.

– A l'instant.

Colas Kerével haussa les épaules d'un air las.

– Tout sur la langue et rien dans la tête, grogna-t-il.

Il ôta son chapeau et abaissa son capuchon, découvrant des cheveux peu fournis, gris, coupés maladroitement à hauteur des épaules.

– Comme vous l'avez compris, expliqua-t-il en désignant à Garin les bocaux alignés, ma vue baisse. Je ne peux plus lire les inscriptions. Le potier a commis la sottise de me fabriquer des pots tous pareils. C'est beau, je ne dis pas mais, sans mes yeux pour lire, je n'ai aucun moyen de les reconnaître. Il faut alors que je les ouvre pour m'assurer de l'odeur.

Pour pratiquer le métier d'apothicaire, il fallait donc aussi avoir du nez ! Garin faillit pouffer de rire : le nez de celui-ci était justement impressionnant, long, busqué. Un nez à faire pâlir d'envie un corbeau royal.

– Vous attendez de moi que je lise à votre place ? s'ébahit-il enfin en songeant qu'il n'était pas question pour lui de passer sa vie entière ici.

– Mais non, sot ! J'attends que tu refasses les inscriptions en plus gros caractères, pour que je puisse les déchiffrer. Tu commenceras dès demain.

Oh !... Garin n'aimait pas beaucoup ce ton !

Bon. Un client est un client, et quand on n'a pas un denier devant soi, on évite de faire la fine bouche. Il observa avec plus d'attention les bocaux.

– Les inscriptions sont en français, constata-t-il avec soulagement.

– Oui. Les noms latins sont trop longs et, pour les gens d'ici, c'est l'un comme l'autre du charabia : la plupart ne savent pas lire et aucun ne connaît le français. Mes plantes sont donc aussi bien protégées par leur nom français.

Ah ! Voilà pourquoi il ne craignait pas les voleurs : personne n'oserait s'emparer d'herbes inconnues. Garin allait proposer de se faire payer deux deniers par inscription, quand il fut interrompu par un appel venant du dehors.

– Maître Colas !

C'était le pâtissier, qui venait de s'arrêter devant l'officine et regardait avec attention vers le bout de la rue.

Là-bas, devant la boucherie, une femme titubait. Était-elle ivre ? Eh ! Elle venait de tomber !

Bondissant au bas des marches, Garin suivit aussitôt

l'apothicaire. La femme était maintenant toute recroquevillée sur elle-même, livide, crispée. Au moment où ils arrivaient, elle eut un sursaut, un vomissement… Crédiou, elle ne bougeait plus !

– Qu'est-ce qu'elle a, maître Colas ? s'inquiéta une voix.

L'apothicaire s'inclina légèrement vers la femme, se redressa et déclara :

– Ramassez-la. Il n'y a plus rien à faire.

Et, sans plus s'occuper de la morte, il tourna le dos et retraversa la rue pour rentrer chez lui.

– Elle… elle est morte ? souffla Garin complètement oppressé.

– Une commère. Cœur de pierre. Pas une grosse perte, lâcha sobrement Colas. Bon. Nous en étions à ton travail. Pour ton salaire…

Son salaire, oui… Mais quelle idée lui avait pris de venir ici ? Pourquoi n'avait-il pas demandé d'explications à Pezron ? Surtout quand elle avait fait remarquer que le passeur n'avait pas beaucoup de travail en ce moment.

– Ça fera trois deniers par inscription, décréta-t-il finalement.

Et comme l'autre hochait la tête sans rien dire, il en profita pour ajouter :

– Logé et nourri au pain blanc, de la viande une fois par jour et des légumes à volonté.

– Halte-là ! s'écria l'apothicaire. Ça ne va pas du tout. Je n'ai pas de servante et ne te ferai pas à manger. Je te donnerai plutôt… cinquante deniers par jour, et tu te débrouilleras. Pour ce soir, exceptionnellement, je peux te fournir du pain et un peu de bouillon de joue de bœuf.

Garin eut un soupir désappointé.

– Et le logement ? bougonna-t-il.

– Tu coucheras là-haut, il y a une chambre vide.

De son doigt tordu par l'âge, il désignait le plafond au-dessus de leur tête.

Ce doigt... Il rappelait à Garin celui de la vieille Jeanne Legaigneux, pendant ce fameux hiver où le village était encerclé par les loups*. Brrr... cela ne lui fit pas bonne impression du tout. Comme si une menace pesait sur sa tête.

---

* Dans *L'Hiver des loups* (Folio Junior n° 877).

4
Des voix dans la nuit

La chambre n'était guère qu'une vague soupente pleine de courants d'air au-dessus de l'officine. On y accédait par un escalier abrupt, tendu d'un magnifique tapis de poussière. Il ne fallait pas ouvrir la porte trop brutalement, sinon on percutait le court châlit de bois sur lequel était jetée une paillasse qui n'avait sûrement pas été refaite depuis des lustres, habillée d'une courtepointe élimée.

De cela, Garin se moquait éperdument : quand on a passé autant de nuits que lui au creux d'un fossé, à l'abri d'un talus, voire sur une branche à dix pieds du sol pour échapper à la dent des loups, une vieille paillasse dans un espace fermé par une porte vaut un palais. En revanche…

Allongé dans la nuit, Garin ne pouvait s'empêcher de repenser à la morte. Il revoyait son visage, ses traits crispés par la douleur.

« Tu me parais solide. » Évidemment, il est toujours facile d'être optimiste pour ce qui concerne les autres !

Il valait mieux penser à autre chose. Aux poules de Pezron, au beau-frère peu aimable, à l'apothicaire bizarre qui guettait l'arrivée de quelqu'un tout en refusant de l'admettre.

Garin tendit l'oreille. Qu'est-ce que… ? Le vent !

Ainsi que l'avait prédit le pâtissier, il avait forci d'un coup. Il s'infiltrait maintenant dans la soupente par tous les interstices. Garin se releva pour étaler sa cape sur la courtepointe.

C'était mieux. Où en était-il ? Oui… les joues empourprées de Nicole quand il lui avait délivré le message.

On entendait maintenant des vibrations sourdes, qui se mêlaient aux ronflements du vent. Des enseignes grincèrent, battirent, s'affolèrent. Impossible de fermer l'œil. Et si la mer, qui rôdait tout autour, profitait de la confusion pour s'abattre sur la ville ? Quelle idée idiote de venir s'enfermer sur une île !

Et là… Qu'est-ce qui se passait encore ? Des coups. Garin se recroquevilla sous la courtepointe en pestant contre les maudites histoires de Nicole. L'avantage d'être éveillé, c'est qu'on ne peut pas se laisser surprendre par un bom-noz, un de ces lutins qui ont la sale habitude de venir s'asseoir sur la poitrine des dormeurs pour les étouffer. L'inconvénient, c'est qu'on pense, et Garin se rappelait que les êtres de la nuit aiment la tempête, qu'ils prennent plaisir à hurler dans le vent et se précipitent toutes dents dehors sur les voyageurs esseulés.

Allons ! Là, il était à l'abri. Les spectres, les revenants, les fantômes ne pouvaient pas se glisser sous les portes… Euh… Non ?

Des coups ! Encore ?

Garin bondit : la fenêtre venait d'exploser. Le souffle s'engouffra aussitôt dans la soupente et précipita ses larmes de pluie sur le plancher.

Ouf ! Ce n'était rien de grave. Le battant s'était juste ouvert si brusquement qu'il avait claqué contre une poutre. Garin s'arc-bouta pour tenter de le refermer au nez de ce vent qui semblait bien déterminé à rentrer se mettre à l'abri.

Il finit par gagner contre la tempête. Non mais !

La fenêtre était close, et sa chemise trempée… C'est ce moment que choisit ce maudit vent pour arracher le papier huilé qui obturait les carreaux, et Garin entendit alors clairement de nouveaux coups. Ça venait de la rue. Il passa la tête par la déchirure du papier huilé, sans prêter attention à la pluie furieuse qui lui crachait à la figure. En bas, juste au-dessous de la chambre, il y avait quelqu'un. Quelqu'un qui frappait à la porte. A cause des bourrasques, évidemment, il n'y avait plus aucune lanterne allumée dans la rue, et pourtant on apercevait bien une ombre.

Il y eut un crissement. La porte de l'échoppe qui s'ouvrait. L'ombre frappeuse entra aussitôt.

Crédiou ! Un nouveau malade ? Il n'avait pas songé à ça en s'installant ici : dans une officine d'apothicaire défilaient des malades. « Saint Garin, vous auriez pu m'y faire penser avant ! »

Qu'est-ce qui se disait, en dessous ?

Il entrouvrit silencieusement sa porte. La lueur vacillante d'une lampe parvenait jusqu'au bas de l'escalier.

– Pas trop, chuchotait une voix, mais j'ai réussi à venir quand même.

– C'est bon. Il faut t'en aller, maintenant.

Ça n'avait pas l'air d'être un malade. Pourtant, qui d'autre pouvait bien arriver à une heure pareille, par un temps pareil ?… Celui que l'apothicaire n'attendait absolument pas en scrutant la rive ?

La porte sur la rue se rouvrit, se referma, et on entendit le claquement mouillé de bottes qui s'éloignaient en bondissant par-dessus les flaques.

Immobile sur le palier, Garin attendit. La lumière de la lampe à huile se déplaçait maintenant vers l'escalier. Quand elle y arriva, il recula discrètement dans l'ombre. C'est à ce moment qu'il aperçut une autre porte sur le palier.

En bas, la lampe s'immobilisa, puis la chemise blanche de l'apothicaire disparut à droite. Grincement de porte. Silence. On n'entendit plus que les sifflements de la tempête. L'apothicaire était retourné se coucher en laissant la lampe veiller au fond de l'officine.

Maintenant que la fenêtre était éventrée, le courant d'air était insupportable et Garin songea que la chambre d'en face serait sûrement mieux isolée. Il allait discrètement le vérifier.

Pas de vents coulis ici. Parfait !

Il n'y voyait pas grand-chose, mais ses yeux, entraînés à scruter la nuit (grâce à quoi il était toujours vivant), détectèrent une masse sombre… Un lit. Oui, un vrai grand lit à rideaux. Ses mains rencontrèrent une couette épaisse et douce, beaucoup plus chaude que la courtepointe de la soupente. Sans hésiter, il la tira à lui, et tâta le matelas.

Trop souple. Habitué qu'il était à dormir sur l'herbe des prés où dans de pauvres hôtelleries de campagne aux paillasses épaisses comme des feuilles de parchemin regrattées, il ne pourrait pas y trouver le sommeil.

Il posa la couette sur le doux tapis qui lui chatouillait les pieds, et se glissa dessous. Un pur moment de bonheur.

– Que fais-tu là ?

Ce hurlement assit instantanément Garin sur son séant. Où se trouvait-il ?... Ah oui ! La chambre. L'apothicaire.

Ledit apothicaire, Colas Kerével (voilà que son nom lui revenait), le fixait présentement en roulant des yeux furieux. Garin se gratta la tête, ébouriffant de cinq doigts distraits sa tignasse blonde.

– Je... ma chambre est inondée, ma fenêtre s'est cassée... enfin, déchirée, et il y avait trop de vent. Je ne veux pas attraper la mort, surtout dans la maison d'un apothicaire !

– Sors d'ici !

– On y va... on y va...

Garin regarda autour de lui : cette chambre, qu'il n'avait pas vraiment vue cette nuit, était richement aménagée, parée de tentures de grande valeur, meublée de deux coffres sculptés. Il ne put s'empêcher de faire remarquer :

– C'est quand même un crève-cœur que de laisser une aussi belle chambre inoccupée.

– C'est la chambre de ma fille ! hurla le vieux du ton qu'il aurait employé pour crier « Arrière Satan ! ».

– Ah !

Plus les autres s'énervent, plus il faut rester calme. Ainsi donc, le vieux hibou avait une fille. Une fille délicate. Une fille gâtée.

Garin souleva la tenture d'un air intéressé et ajouta sans se démonter :

– C'est bien ce qu'il me semblait : je ne l'ai pas aperçue dans ce lit.

L'apothicaire sembla s'étouffer de colère.

Bon. C'était son employeur, hein ! S'il mourait d'apoplexie, Garin n'aurait plus qu'à trouver du travail ailleurs.

– Votre fille est absente ? s'informa-t-il poliment.

L'autre fit un visible effort pour se maîtriser avant de répondre, d'un ton plus sec que le vent de nordet* :

– Elle est absente. Retourne dans la chambre des domestiques et habille-toi, j'ai besoin de toi en bas.

– Les domestiques sont absents aussi ? interrogea Garin sans arriver à tempérer l'ironie dans sa voix.

– Aussi.

« Décidément, une vraie maison des courants d'air », songea-t-il en sortant sans se presser.

Et plaf ! La porte lui claqua dans le dos. Nerveux, cet apothicaire !

* Vent soufflant du nord-est.

5

La fille de Colas Kerével

– Oh ! Oh ! Porteur d'Oh !

Quoi ? Garin s'assit brusquement.

Ah… Porteur d'eau ! Mordiou, il s'était rendormi. Quelle heure était-il ?

Il glissa la tête à travers le papier déchiré de la fenêtre. Il faisait grand jour.

– Eau ! Eau !

L'homme, sans âge et mal rasé, vêtu de braies de toile d'une saleté repoussante qui lui tombaient à mi-mollet, s'arrêta devant la boutique de l'apothicaire et déposa sur une marche l'un de ses deux seaux.

Garin sauta dans ses vêtements, puis il dévala l'escalier.

Quand il déboucha dans la boutique, l'apothicaire avait déjà rentré le seau et, debout sur le pas de sa porte, observait le remue-ménage de la rue. Était-il encore fâché ? Il eut à peine un regard pour le scribe.

– Nature chaude et humide, grommela-t-il.

Garin crut avoir mal compris.

– Chaude et humide ? répéta-t-il d'un ton interrogatif en jetant un coup d'œil dans la rue.

Plus un souffle de vent. Le soleil éclairait le toit des

maisons d'en face, les nuages de la nuit avaient été chassés par la tempête et le ciel était bleu. Pourtant, l'air semblait plutôt frais, ce qui lui fit penser qu'il avait mal compris les mots de Kerével.

Les marchands de légumes sortaient leur carriole, les porteurs s'affairaient, le poissonnier déployait son étal. On se lançait des : « Mes belles poirées ! mes oignons ! » « Berniques, poisson frais, harengs saurs ! ».

Passa un vendeur d'objets en verre, suivi par un : « Ramoneur ! ramoneur ! » Les vieux souliers, les balais, les fers à cheval étaient de sortie. « Gâteaux ! gâteaux frais ! gâteaux frais du jour ! Y a des gaufres, des étriers et des supplications. Des pains d'épice, ermines, fouaces, croissants. Gâteaux ! gâteaux frais ! »

Ahi ! A peine les mots du pâtissier lui tombèrent-ils dans l'oreille qu'ils ouvrirent un grand trou dans son estomac.

– Le porteur d'eau, répondit enfin l'apothicaire, c'est un tempérament chaud et humide, un sanguin. Devrait faire attention à son foie.

– Vous vous y connaissez bien, observa Garin un peu soulagé de voir Kerével de meilleure humeur.

– Assez. J'ai étudié auprès de grands maîtres arabes.

Garin en demeura estomaqué. Ahi ! Si le vieux avait roulé sa bosse, il s'y connaissait en pays lointains sûrement mieux que lui… qui devrait faire attention à ce qu'il racontait. « Ne mens que si tu es sûr qu'on ne peut pas te confondre », c'était la première de ses maximes.

– Ainsi, toi, poursuivit l'apothicaire, tu es de tempérament colérique, sec et chaud. Ton élément est le feu, ta saison l'été.

Crédiou ! Voilà pourquoi il n'aimait ni la pluie ni le froid !

– Quand tu es malade, c'est par excès d'humeur, de bile jaune.

– Je ne suis pas malade !

– Tant mieux. Dors-tu bien ? Tu t'es levé cette nuit, à ce que j'ai vu. Tu as entendu les cloches de l'abbaye ? Le fracas des enseignes ? A quel moment as-tu été réveillé ?

– Euh… Au moment où vous avez reçu un visiteur.

– Un visiteur ? Cette nuit ? Tu as rêvé. Dans la tempête, ce n'est pas étonnant, on entend souvent des voix.

– Mais non, rappelez-vous : quelqu'un a frappé à la porte, est entré…

– Tu as rêvé, répéta l'apothicaire sèchement.

– Peut-être bien, reconnut enfin Garin avec une étonnante bonne volonté. Je suis sujet aux hallucinations… Pouvez-vous m'avancer quelques deniers, que j'aille acheter à manger ?

Tout en s'empiffrant de délicieux beignets, Garin songeait à l'apothicaire, qui n'attendait personne sur la grève et ne recevait personne en pleine nuit. Il ne fallait quand même pas le prendre pour une moule !

Au-dessus de la ville, les mouettes et les goélands tournaient en piaillant comme des sourds. On se demandait bien comment ils pouvaient gueuler autant et tenir quand même dans le ciel. A ce qu'on prétendait, l'air d'en haut pouvait soutenir les grands oiseaux parce qu'il était plus épais qu'en bas. Était-ce la vérité ?

Ne comptant aucunement résoudre ce problème sur le moment, Garin étudia l'alignement des étals et la physionomie des commerçants. C'est qu'il aurait bien aimé avoir des éclaircissements sur un point n'ayant rien à voir avec les oiseaux… Il jeta son dévolu sur un jeune homme qui lui parut plutôt avenant : le marchand d'hypocras.

Sa boutique était installée, comme plusieurs autres, au rez-de-chaussée d'une maison dont l'étage s'avançait, soutenu par des poteaux scellés dans la rue, ce qui l'abritait du soleil et de la pluie mais rétrécissait grandement le passage. Comme, justement, une charrette essayait tant bien que mal de se frayer un chemin dans l'étroit boyau, que les chevaux hennissaient d'énervement et que le conducteur pestait, Garin en profita pour s'arrêter en badaud et se présenter au marchand d'hypocras : il était son nouveau voisin et devait rester quelques temps en cette bonne ville pour travailler.

La formule n'était pas mal trouvée, car le marchand réagit exactement comme il le fallait : il demanda quel travail il effectuait, et chez qui.

– Chez l'apothicaire. Vous le connaissez ?

– Évidemment, tout le monde se connaît à Conq !

– Évidemment, répéta Garin. J'espère que je me plairai chez lui. C'est un homme un peu solitaire, mais sa fille va revenir bientôt, sans doute.

Sa phrase fit l'effet voulu.

– Sa fille ? s'ébahit l'autre. Elle ne reviendra pas. Voilà presque un mois qu'elle est morte.

Crédiou !

– Morte de quoi ?

Il sembla à Garin que, subitement, le jeune homme avait l'air gêné.

– Ça, on n'en sait trop rien, dit-il enfin. Elle était fragile du poumon et d'une petite santé. Son père n'a rien pu faire pour elle. Les cordonniers sont toujours les plus mal chaussés. Il n'a rien pu non plus pour la servante.

– Elle est morte aussi ? De la même maladie ?

– Ça…

A voir sa tête, on pouvait conclure que le marchand en savait beaucoup mais ne voulait rien dire de plus. Les mystères, c'est agaçant ; sauf, bien sûr, si on les fait soi-même.

Au lieu de rentrer immédiatement chez l'apothicaire, Garin remonta la rue. Une belle rue, bordée de boutiques élégantes. Tout au bout elle franchissait les remparts en se glissant sous une porte beaucoup plus imposante que celle par laquelle il était entré la veille, et surveillée par les deux tours d'angle du rempart. Au-dessus de la porte, sur le sommet de la muraille, des gardes patrouillaient.

Eh ! la porte ouvrait sur une chaussée qui menait à la terre ferme ! Comme l'avait dit Pezron, on pouvait – au moins à marée basse – quitter l'île à pied sec. Voilà qui était plutôt rassurant : il ne serait pas obligé de reprendre la mer pour s'en aller.

A l'autre bout de la chaussée, on apercevait des pêcheurs qui, leur panier sur l'épaule, remontaient vers les maisons alignées le long du rivage.

– Alors, jeune homme, vous admirez le faubourg de Pénéroff ? Vous comptez vous y rendre ? Vous n'avez pas trouvé de travail ici ?

Tiens, justement Pezron et son nez en phare !

– Si si, répondit Garin. Chez l'apothicaire.

– Vous avez de la chance, c'est un grand savant. Sans lui, nous serions bien mal. Évidemment, il n'est pas bien gai. Il faut dire qu'il a perdu sa fille unique récemment. Êtes-vous au courant ?

– Vaguement, fit Garin ravi de l'occasion d'en apprendre plus. On m'a parlé de maladie. Elle était fragile ?

– Fragile ? Si ça pouvait être vrai !

Pezron avait soudain complètement changé de visage. Elle paraissait grave et préoccupée.

– Ça ne l'est pas ? s'inquiéta Garin.

– La petite était solide comme un roc. Les gens essaient toujours de se rassurer. Ils préfèrent s'imaginer que ceux qui succombent sont les faibles et qu'eux ne seront pas touchés. En réalité, elle a été la première.

– La première quoi ?

– La première victime de... de cette maladie de diarrhée, de soif, de crampes et de vomissements. Ensuite, il y a eu la servante, et puis le mal s'est propagé.

Eh ! ce n'était pas du tout ainsi qu'on lui avait présenté la chose ! Crédiou ! Et lui qui avait dormi sur le grabat de la servante et sous la couette de la fille ! Vite, son signe de protection !

Il fit semblant de se gratter l'intérieur de l'oreille avec son pouce, et essaya de mettre en même temps son auriculaire sur sa narine. Impossible d'y arriver avec naturel ! « Saint Garin, c'est vous qui m'avez mis dans ce pétrin en me faisant un auriculaire trop court, j'espère que vous ne me retirerez pas votre protection pour si peu. »

– Au début, reprit Pezron, on n'y a pas prêté vraiment attention. Seulement il y en a eu d'autres. On a essayé de minimiser en faisant des différences entre les causes de décès, mais aujourd'hui chacun sait. Il sait ce qui l'attend.

– Vous croyez que c'est une épidémie ?

La femme eut un geste involontaire de la main, comme pour intimer à Garin de ne pas prononcer ce genre de mot, puis elle haussa les épaules. Elle ne voulait rien dire, même si l'expression de son visage ne laissait aucun doute.

– Vous comptez rester un moment ? demanda-t-elle en changeant délibérément de sujet.

– Eh bien…

– J'espère que vous resterez. J'aurais un petit travail pour vous. Je vous en parlerai plus tard, je suis déjà en retard. A bientôt !

Tandis que la femme entrait chez la couturière, Garin rebroussa chemin. Sa quiétude s'était envolée. Devait-il rester ici ? Il était d'un naturel curieux, mais pas au point de tenir à savoir si vraiment l'épidémie se propagerait.

Il n'hésita qu'un court instant. Sa devise était : « Fais comme tu le sens, et ne t'inquiète de rien. » Une devise courageuse. Oui… Ou superstitieuse : personne ne savait l'avenir et, en croyant fuir un malheur, on tombait parfois dans un plus grand. Par exemple, il pouvait quitter la ville… et se faire estourbir par des bandits de grand chemin, ou dévorer par les loups, ou embrocher par un soldat, ou assassiner dans une auberge.

« Saint Garin, ne me quittez pas de l'œil ! »

6

Épidémie

– Ce n'est pas trop tôt, bougonna l'apothicaire en le voyant arriver.

– C'est que... je cherchais de la paille fraîche. Je ne veux pas dormir sur le matelas d'une servante morte !

– J'ai fait changer la paillasse ce matin. Pour qui me prends-tu ?

Garin n'eut pas le temps de faire remarquer qu'il aurait pu y penser la veille.

– J'ai acheté la peinture, poursuivit Colas Kerével, et des pinceaux pour ton travail. Il faudra d'abord couvrir de blanc l'ancienne inscription avant de réécrire. En gros caractères. Tous les pots sont à refaire sauf ceux qui se trouvent sous le comptoir. Pour ceux-là, c'est inutile, je les connais par cœur. Voilà : sur les étagères de droite, tu as les épices. Au fond, les baumes et les onguents, puis les plantes. Tout en haut, méfie-toi, ce sont des produits dangereux, ceux qui peuvent aussi bien soigner que tuer. Je te dis ça dans ton intérêt.

Mordiou, il avait bien envie de les laisser en haut, ceux-là !

– Deuxième, dit l'apothicaire.

Garin leva la tête du pot sur lequel il était en train de peindre « RÉGLISSE » et demanda :

– Deuxième quoi ?

– Deuxième enterrement de la semaine. N'entends-tu pas les cloches ?

Ne pas entendre les cloches ? Il aurait fallu être sourd. La femme était donc la deuxième morte, alors que la semaine n'en était qu'à son début !

– Et avant ça, combien y en a-t-il eu ?

L'apothicaire croqua bruyamment dans un oignon. Il en mangeait du matin au soir, pour soigner sa vue, disait-il. On ne savait si cela améliorait sa vue, mais en tout cas ça n'améliorait pas son haleine. Il ne répondit qu'en haussant les épaules.

Est-ce que ça voulait dire que c'était trop pour qu'on en parle ? Crédiou ! Quelle idée il avait eue de se jeter ainsi bêtement dans la gueule du loup !

– Mauvais, maître Colas, lança une voix dans la rue. Mauvais temps pour les vivants.

L'apothicaire s'effaça pour laisser entrer une petite femme noiraude, à la peau tannée par le soleil, enveloppée dans un grand châle.

– Mauvais temps pour les vivants, confirma-t-il en avalant péniblement un morceau d'oignon.

– De quoi est-elle morte, celle-là ? interrogea la femme en accompagnant sa question d'un mouvement de tête en direction de l'église.

– Même chose. Flux de ventre et langueur.

La femme agrippa l'apothicaire par le bras et poursuivit à voix plus basse :

– Sait-on le nom de la maladie, et d'où elle vient ?

– Elle est dans l'air, dans les miasmes de l'air, c'est tout ce que je peux en dire pour l'instant.

– Ce ne serait pas une pestilence, au moins ?

– Les signes ne sont pas les mêmes.

La femme poussa un petit soupir de soulagement, comme s'il était plus rassurant de mourir d'autre chose que de la peste. L'apothicaire fit sur ses pieds un mouvement d'avant en arrière, croisa les doigts sur son ventre et, fixant la rue par la porte ouverte, il déclara :

– Hippocrate nous apprend que le corps humain est constitué de quatre éléments : le sang, le flegme, la bile jaune et la bile noire, qu'on appelle aussi la mélancolie ; et qu'il possède quatre qualités : le froid, le chaud, le sec et l'humide. C'est à l'homme de savoir comment ils se combinent et quel excès cause le dérèglement qui mène à la maladie.

– Et vous le savez, comment on attrape cette maladie ?

Kerével eut une expression rusée et, au lieu de répondre, il s'enquit :

– Vous vouliez… ?

– Euh… Quelque chose pour calmer ma toux. Dites… les morts, ils ne commençaient pas par tousser, hein ?

– Non, émit Colas d'un ton sarcastique en s'accroupissant près du comptoir. Jusqu'à présent du moins.

La femme exécuta un rapide signe de croix pendant que l'apothicaire ouvrait le baril d'argile et y plongeait les doigts tout en expliquant :

– Prends de l'eau de pluie et chauffe-la. Chauffe-la bien, sinon le remède serait pire que le mal et ta voix deviendrait rauque. Mets ça dedans et laisse macérer.

Il lui tendit la boule d'argile qu'il venait de détacher.

– Pour le paiement, s'inquiéta la femme d'un air soudain intimidé, est-ce que du poisson vous irait ?

– Ah non, répondit l'apothicaire avec un geste catégorique de la main. Je déteste le poisson.

– C'est que… de l'argent, je n'en ai point.

– C'est bon ! C'est bon ! Ça ne fait rien, nous verrons ça un autre jour.

La femme se confondit en remerciements et sortit à reculons en multipliant les courbettes.

– Cette maladie, vous savez ce que c'est ? s'informa Garin quand elle eut disparu. Vous m'aviez dit qu'il ne s'agissait pas d'une épidémie.

– J'avais tort. Bon. Il faut que j'aille jusqu'à l'église. Si quelqu'un se présente, fais-le patienter.

Tudieu, il s'agissait bien d'une épidémie !

– Maître Colas n'est plus là ? (C'était de nouveau la femme à la toux.) Il a oublié de me dire à quel moment prendre ce qu'il m'a donné.

– C'est simple, se lança aussitôt Garin, vous n'avez qu'à en boire deux gorgées chaque matin au premier chant du coq. Ensuite, vous en reprendrez un bol à marée basse et un à marée haute. Et un bol supplémentaire s'il y a un nouveau mort dans la ville.

– Ah bon ! Vous croyez donc que cette toux a rapport avec les morts ?

– Aucun rapport, imagina Garin, mais les forces du mort, en le quittant, se seront introduites dans votre potion, ce qui décuplera les vôtres.

– Vous vous y connaissez bien !

Garin s'y connaissait effectivement parfaitement bien en balivernes, fantaisies et chimères, parce que la faculté la plus développée chez lui était l'esprit d'invention, celui qui donne des couleurs à une vie souvent bien ordinaire.

– J'ai fait mes études chez les plus grands médecins arabes, confia-t-il.

– Dieu ! s'ébahit la femme. Comme maître Colas, alors ?

– Tout juste, fit Garin avec un grand sérieux, en espérant qu'on ne lui poserait pas trop de questions sur cette Arabie qui se trouvait Dieu sait où, en tout cas trop loin pour qu'il ait eu la chance d'en voir le ciel.

– Vous n'avez pas ramené de femme de là-bas, vous ? C'est vrai que vous êtes trop jeune… La femme de maître Colas, elle venait de par là-bas, un genre de Mauresque, vous voyez, avec un teint sombre que c'en était très laid. Elle ne s'était pas regardée, celle-là !

– Elle n'est plus ici ? s'informa Garin.

– Elle est morte depuis longtemps. Elle s'est noyée en voulant s'enfuir. Noyée dans le passage.

Le passage, c'était sans doute le côté de l'île par lequel il était venu. Il avait donc eu des misères, ce pauvre Kerével.

– Elle s'enfuyait ? questionna-t-il en essayant de mettre dans sa voix assez d'étonnement pour susciter des confidences.

– Probable qu'elle en avait assez de son mari. C'est qu'il n'est pas commode tous les jours, maître Colas.

Eh bien ! En voilà une que la reconnaissance n'étouffait pas : sous ses propres yeux, l'apothicaire l'avait laissée partir sans la faire payer.

– Enfin, reprit la femme comme si elle voulait tempérer ses propos, il a eu son compte de malheurs et il est à plaindre. En plus, sa fille… Sa fille unique. Et il tenait à elle, vous savez ! Je crois que maître Colas n'aimait personne qu'elle. Enfin, c'est la vie, si on peut dire. (Elle se signa rapidement pour conjurer le mauvais sort.) Quand même, penser qu'il n'a rien pu faire pour sa fille…

Elle s'interrompit net : Nicole venait d'entrer. Les deux femmes ne se saluèrent pas – à ce qu'en jugea Garin, ce n'était nullement de la distraction – et la petite noiraude sortit incontinent.

– Non, confirma Nicole tandis qu'elle lui passait devant, il n'a rien pu faire pour sa fille, et c'est pour ça qu'il travaille à rechercher des remèdes. Parce que c'est un homme bien, lui.

Elle insista sur le « lui », qui sous-entendait que ce n'était pas le cas de tout le monde, et en particulier pas celui de la femme qui s'éloignait.

– Sûrement aussi que ça le vexe, reprit-elle en s'adressant cette fois à Garin, de ne pas avoir pu sauver la petite. C'est pour ça qu'il travaille jour et nuit. On a sa fierté, hein ! C'est comme si, moi, je rendais au client du linge mal lavé... vous voyez ça !

– Je vois.

– Dites, vous qui savez écrire, vous ne pourriez pas me faire... enfin vous voyez...

– Non, je ne vois pas.

– Un genre de petit billet, que je pourrais pendre dans un sachet à mon cou. Un billet où vous écririez, par exemple, « Sainte Marie, protégez-moi de la maladie. » Et puis, tant qu'à y être, vous pourriez ajouter « et de la foudre, de la noyade, des morsures de serpent ».

– Des courants d'air, poursuivit Garin, des cors au pieds, des vers de vase, des raseurs, des kurkuchons dorés, des trompettes désaccordées.

– Peut-être, fit Nicole un peu éberluée, mais ça va me coûter trop cher. Je vais m'en tenir aux quatre que j'ai dits. Demain, je vous apporte le parchemin... Vous ne savez pas où il est, maître Colas ?

– Il me semble bien qu'il est là où il a à faire. Oui, je crois me rappeler que c'est ce qu'il m'a dit. Vous aviez quelque chose à lui demander ?

– Dame... Non. Je repasserai.

Tiens ! Nicole avait encore rougi.

Garin mit la dernière jambe au « E » de « MARJOLAINE » et souffla dessus par habitude, sans même réfléchir qu'on ne séchait pas la peinture comme l'encre. Il ne pensait plus à Nicole, il pensait...

Ah ! Il adorait les histoires troubles, les morts suspectes... que c'en était une honte. En tout cas, se noyer était plus original qu'être fauché par une sale maladie. Maladie...

Garin portait sa main à sa gorge. Est-ce qu'il ne venait pas de sentir des picotements ? Est-ce que cette maudite épidémie ne commençait pas par des picotements ?

7
Comme les harengs

– Aaaah !

Garin en oublia ses picotements : l'homme qui venait de pénétrer dans la boutique avait failli abattre son énorme carcasse sur lui. Instinctivement, il s'était plié en deux pour glisser de côté, une technique qu'il avait mise au point depuis bien des années, très efficace contre les attaques surprises. Sauf que là… il ne s'agissait pas d'un brigand qui en voulait à ses misérables deniers. L'homme chuta lourdement sur le sol. C'est à ce moment que Colas Kerével entra.

– Il… il est mort ? murmura Garin suffoqué.

– Je ne crois pas, évalua Colas d'un ton narquois. A moins que nous ne soyons déjà au jour du jugement dernier et que les morts se relèvent.

Effectivement, l'homme, un grand costaud, le teint jaune et l'air épuisé, se redressait lentement. Colas semblant vouloir le laisser se débrouiller seul, Garin crut bon de faire un geste pour l'aider. Après tout, si cette espèce de géant était affalé là, c'était un peu de sa faute.

– Alors, Gervès, intervint l'apothicaire, qu'est-ce qui t'arrive ?

L'homme se hissa sur un tabouret en grimaçant.

– Je me sens mal, mal.

– Des nausées ? demanda Colas comme s'il savait déjà à quoi s'en tenir.

– C'est ça. Tout me dégoûte et j'ai la migraine.

L'apothicaire se glissa dans le dos de Garin et souffla :

– L'aloès !

Garin n'entendit pas. Il fixait le costaud réduit à l'état de chiffon. Il l'avait aidé à se relever, il l'avait touché. Et si l'homme avait la maladie qui... la maladie que... la maladie dont on parlait ? « Saint Garin, protégez-moi ! Ce serait très injuste de mourir parce qu'on a aidé quelqu'un, hein ! »

– L'aloès, répéta l'apothicaire entre ses dents.

– Euh...

Garin avait-il bien compris ? L'apothicaire voulait qu'il lui donne l'aloès ? Y voyait-il donc si mal qu'il ne pouvait trouver lui-même ce qu'il cherchait ? Oui... et il ne voulait pas que les clients puissent s'en douter. Tiens tiens ! Alors, il y avait deux solutions : ou Garin persistait en feignant l'incompréhension pour faire payer à Colas son insolence du matin, ou bien...

– Ne vous dérangez pas, s'exclama-t-il finalement, je m'en occupe.

Après tout, une guerre avec l'homme de science ne pouvait que lui nuire. Il attrapa le bocal sur l'étagère et le déposa entre les mains de l'apothicaire qui l'emporta aussitôt dans l'arrière-boutique. Secret secret !

« Secret » avait un joli son. Il pouvait bien faire partie de son maître mot, ce talisman verbal qui protégeait contre tous les dangers. Fort utile par les temps qui couraient... Le difficile était de trouver les termes qui le composaient. Garin avait déjà pensé par exemple à « bouclier », « mystère » ou « crâne », mais « secret », ce n'était pas mal non plus.

Il jeta un coup d'œil prudent au malade qui, inerte sur son tabouret, fixait le sol d'un air abattu. Venant de l'arrière-boutique, on entendait le claquement des poids sur le plateau de la balance et les crissements du pilon dans le mortier de grès. Ensuite vinrent les bruits de liquides qu'on verse, qu'on remue à la spatule, qu'on transvase. Il y eut encore des frottements et, enfin, l'apothicaire réapparut en secouant énergiquement un flacon de verre.

– Prends-en une cuillerée au lever du soleil, à midi, et au coucher, ordonna-t-il en le tendant à Gervès. Et n'oublie pas de me rapporter le flacon quand il sera fini.

Livide, le visage chiffonné, l'homme sortit avec peine ses pièces de la bourse accrochée à sa ceinture, les posa sur le comptoir et quitta l'officine en titubant.

– Il… Il a la maladie ? s'inquiéta alors Garin.

– Lui ? Non, je ne crois pas.

Ouf, voilà qui aidait à respirer, mieux qu'une infusion de menthe au miel. Garin se sentit tout à fait ragaillardi. Il n'avait accordé d'attention qu'au « non » et pas au « je ne crois pas ». On est souvent tenté de n'entendre que ce qu'on veut.

– Comment faisiez-vous quand je n'étais pas là pour vous passer les pots ? s'informa-t-il avec une certaine effronterie.

– J'avais quelqu'un, répliqua l'apothicaire. Et je te prierai de ne pas poser de questions à qui te permet de gagner ton pain.

La réprimande ne lui fit ni chaud ni froid. Il lui en fallait plus pour le vexer ou le faire taire. Kerével avait quelqu'un ? Sa fille ?

Sans doute conscient de la brusquerie de ses paroles, l'apothicaire reprit :

– J'y vois encore assez. J'arrive à reconnaître la personne qui entre et, si ça peut te rassurer, même si je risque de me tromper de pot en lisant mal ce qui y est inscrit, aucune erreur n'est possible au moment où je l'ouvre, car pour moi, l'odeur de chaque plante est beaucoup plus caractéristique que son nom. Toutefois, je te rappelle que tu es à mon service, et que tu es donc tenu au secret.

Oh ! cette fois ça suffisait !

– Inutile de me faire la leçon, répliqua Garin. Le secret fait partie de mon métier. Je ne dois révéler ni ce que j'écris, ni pour qui je l'écris, ni pour quelle raison je l'écris.

En plus, révéler des secrets ne présentait aucun intérêt : il était beaucoup plus passionnant d'en apprendre et, d'ailleurs, il adorait ça. Oui, « secret » était un bien joli mot.

Se montrer ferme portait souvent ses fruits et l'apothicaire s'excusa sur-le-champ.

– J'ai oublié, ajouta-t-il, de te remercier pour la façon dont tu m'as discrètement tiré d'affaire. C'est bon. Je ne te ferai plus de remarque.

Garin éclata de rire.

– En échange, demanda-t-il, dites-moi d'où vient la maladie qui rôde.

– Je te le dirai quand j'en serai sûr. Quant à Gervès, s'il ne passait pas ses soirées à la taverne, à s'imbiber de vin, il serait en meilleur état. Le vin est une bonne boisson, qui soigne et redonne des forces mais, comme pour toute médecine, il faut savoir doser. Si tu abuses de bon vin, tu attrapes cette maladie d'écœurement. Si tu abuses de mauvais vin, tu peux être atteint des mêmes maux que les buveurs d'eau, sais-tu pourquoi ?

– Parce que le mauvais vin est obtenu seulement en versant de l'eau sur le marc de raisin qui reste dans les cuves.

– Je vois que tu connais des choses…

– J'ai voyagé, fit Garin avec un sourire entendu.

Il leva son regard sur l'apothicaire et ajouta :

– Dans mes voyages, j'ai vu des plaques de verre qu'on peut mettre devant les yeux pour mieux y voir, et qu'on appelle des bericles*. Vous devriez essayer de vous en procurer.

– Pour quoi faire ? soupira Colas. Je n'en ai plus pour longtemps à vivre.

– Vous êtes malade ?

– Non. Non.

L'apothicaire n'en dit pas plus, il paraissait songeur. De quoi pensait-il mourir si vite ?

– Avant de mourir, j'ai encore des choses à faire, reprit-il d'un ton plus positif. Des choses importantes. Il ne faudrait pas que toute la ville soit décimée par le mal qui court. Évidemment, certains ne l'auraient pas volé, mais il faut penser aux innocents. Je suis le seul à pouvoir les sauver.

Les sauver… Oui, si Garin ouvrait bien ses yeux et ses oreilles, il pourrait apprendre ici des choses essentielles pour sa santé. Il allait demander si la maladie ne commençait pas par des picotements, quand une vieille femme, cheveux gris s'échappant de sa coiffe en désordre, fit irruption dans la boutique. Elle tenait un flacon vide à la main et criait que sa fille s'était encore évanouie.

---

* Ancêtres des besicles, puis des lunettes.

Ouf ! Ça n'avait pas l'air d'être en rapport avec l'épidémie.

Sans rien dire, Colas Kerével se pencha pour puiser avec une petite louche dans un récipient de terre que Garin ne distinguait pas bien, et versa un peu de liquide dans le flacon qu'on lui tendait.

Bien qu'il n'ait pas terminé l'inscription sur son bocal, Garin se trouva alors un besoin urgent de s'attaquer à un

autre pot, qu'il dut aller chercher sans attendre. C'est ainsi qu'il eut *par hasard* l'occasion de lire sur le grand récipient dans lequel s'était servi l'apothicaire « EAU DE ROSE ».

Il retourna tranquillement s'asseoir à sa place.

La femme était à peine sortie qu'une autre entra. A ce qu'il paraissait, elle se sentait très faible, et avait besoin de fortifiant. Voilà qui était rassurant. Épidémie, épidémie… Il ne fallait quand même pas exagérer.

L'apothicaire choisit un bocal sur lequel Garin avait déjà repeint « CROCUS » et avisa la femme qu'elle devrait boire en même temps du jus de coing, sous peine d'être prise de nausées.

A ce moment, le jeune marchand d'hypocras franchit la porte de la boutique et s'exclama d'un ton ironique :

– Le plus fort, avec les remèdes, c'est que, si on soigne un côté, on en atteint un autre. C'est comme ça qu'un apothicaire gagne sa vie, n'est-ce pas, Colas ?

– Moquez-vous ! Moquez-vous, Riwal Dauzon, grogna l'apothicaire. Si je n'étais pas là, qui vous soignerait ?

– Ne prenez pas de coup de sang, plaisanta le jeune homme, nous avons fort besoin que vous restiez en bonne santé.

Colas Kerével ne sembla nullement gagné par la gaieté de Riwal.

– Que te faut-il ? demanda-t-il sèchement.

– C'est pour mon père, il a toujours ses migraines.

Colas soupira quelque chose, se servit dans un tonneau glissé sous le comptoir, et tendit à Riwal une petite écuelle.

– Et pense à me rapporter l'écuelle, bougonna-t-il.

Riwal regarda dedans, renifla, avant de s'étonner :

– Vous soignez la migraine avec de la moutarde ?

– Mais non, sot ! Tu donneras à ton père du jus de bette contre la migraine. Le jus de bette brûlant le sang, tu lui feras prendre ceci pour compenser.

Il n'avait pas prononcé le mot « moutarde », et lorsque Riwal insista pour savoir s'il s'agissait bien de cela, Colas ne lui adressa qu'un regard plein de commisération, destiné sans doute à le faire passer pour un ignorant.

Le jeune homme haussa les épaules, paya sans plus rien dire et quitta l'officine.

– Celui-là était fiancé à ma fille, grinça Colas entre ses dents. On ne croirait pas qu'il ait tellement de chagrin…

Garin ne fit aucune remarque, pour la bonne raison qu'il avait eu la nette impression que Colas avait parlé tout haut sans même s'en rendre compte. Et puis, il n'était pas censé savoir que la fille était morte.

Les renseignements, c'est comme les harengs : ça s'entasse bien serré dans une caque et, ensuite, ça ne s'extirpe que difficilement, et juste selon les besoins. Donc, Riwal Dauzon avait été fiancé à la fille Kerével. Et sa mort ne paraissait effectivement pas lui peser vraiment.

– Ce n'était pas de la moutarde ? interrogea-t-il le plus innocemment possible.

Pour toute réponse, l'apothicaire lui lança un regard sévère.

– Bon, soupira ostensiblement Garin, gardez vos secrets, mais si vous ne me faites pas confiance, moi, je suis libre de marquer n'importe quoi sur vos bocaux.

Colas leva des yeux interloqués, puis il secoua la tête.

– C'en était, avoua-t-il enfin. Cependant je n'ai pas à divulguer mes secrets, sinon comment gagnerais-je ma vie ?

– Je suis muet comme la carpe, rappela Garin,… bien que j'aie plutôt à voir avec le hareng.

L'apothicaire ne comprit sûrement rien à cette histoire de hareng et n'eut pas le temps de s'en inquiéter, car on entendit dans la rue une petite clochette qui se rapprochait, faisant le silence autour d'elle. Garin et Colas sortirent sur le pas de la porte.

Dans la rue, les hommes ôtaient leur chapeau. Deux enfants vêtus de noir arrivaient, l'un tenant une lanterne, l'autre une clochette, précédant un prêtre qui portait le saint sacrement. Chacun se mit à genoux sur leur passage.

– Il y a un mourant ? s'inquiéta Garin dans un souffle.

Le ciergier qui, un faisceau de cierges dans chaque main, s'était arrêté près d'eux, murmura :

– C'est le rémouleur, Gervès.

A l'instant précis où le prêtre et les enfants de chœur passaient devant l'officine de l'apothicaire, la cloche de l'église sonna trois coups. Cela signifiait que quelqu'un venait de mourir. Un homme, car s'il s'était agi d'une femme, il n'y aurait eu que deux coups.

Le prêtre pressa le pas, ce qui était pourtant inutile, car il arriverait trop tard : Gervès venait de rendre son âme à Dieu sans avoir le temps de se confesser et de recevoir les saints sacrements. Il risquait fort de filer tout droit chez le diable.

Garin se sentit mal. Il avait tenu le mourant dans ses bras. Il fit rapidement son signe de protection.

– Bonne affaire pour vous, fit remarquer Riwal Dauzon en lui donnant un coup de coude.

– Pour qui ?

– Pour le ciergier, pour toi, pour l'apothicaire.

– Qu'est-ce qu'il y a de bon à risquer sa peau ?

– C'est bon si on en réchappe, commenta le ciergier à voix basse. Je vais vendre des cierges, beaucoup de cierges. Pendant la Grande Peste les ciergiers ont fait fortune… Malheureusement je n'étais pas encore installé. A peine ai-je acheté ce commerce que la maladie s'est arrêtée. Vraiment rageant.

Rageant, en effet…

– A cette époque, reprit l'homme, on achetait, pour se protéger, des cierges d'une taille inimaginable, parfois assez longs pour ceinturer les remparts. Croyez-vous que nous aurons encore une longue épidémie ?

Crédiou ! Quel porte-poisse, celui-là ! Et il disait tout fort, exprès, les mots « peste » et « épidémie » ! En vitesse, Garin refit son signe de protection avant de demander :

– Et pourquoi est-ce que j'y aurais un intérêt, moi ?

– Vous êtes bien apprenti chez l'apothicaire, non ?

– Non, répliqua Garin en se gardant bien d'en dire plus.

Les renseignements, c'est comme les harengs, et justement, la caque était fermée. Il prit aussitôt un air de conspirateur, pour s'informer :

– On pêche le hareng, par ici ?

– Euh… non, fit l'autre.

– Voilà ! conclut-il.

Et il rentra dans la boutique.

Il était très content de l'effet de sa sortie sans queue ni tête (de hareng) sur le ciergier. Que pouvait donc maintenant s'imaginer le pauvre porte-poisse ? Ça devait lui donner à penser, l'inquiéter bigrement. Bien fait !

– Dites, maître Colas, c'était bien le foie, qui n'allait pas, chez Gervès ?

– Évidemment.

– Pourtant… Gervès ne buvait sans doute pas que du bon vin. Il pouvait boire aussi de cette vinasse faite avec de l'eau sur le moût.

– Je vois ce que tu veux dire. Non, je ne crois pas que l'eau soit la coupable.

Oui… Eh bien, quoi qu'en dise le savant homme, Garin ne boirait pas une goutte d'eau de cette maudite ville.

Colas se leva, se saisit d'un bol sur une étagère, et puisa dans le vinaigrier qui trônait sur le comptoir.

– Nous ne connaissons pas les desseins de Dieu, reprit-il, et les signes des maladies qu'il nous envoie sont changeants. Souvent, chacun commence à être frappé là où sont ses faiblesses, et la faiblesse de Gervès était dans son foie. Pour plus de sûreté, prends ce bol de vinaigre, et à chaque fois que tu verras ce genre de malade dans la boutique, tu mangeras un morceau de pain que tu tremperas là-dedans. C'est pour éviter la contagion.

Ahi !

8

Lectures édifiantes

« Si un patient a chaud et humide, on lui donne une médication froide et sèche. » C'est ce que disait le *Livre des Simples Médecines*. Que pouvait bien être une médication froide et sèche ?

Garin demeura rêveur. Pourquoi n'étudierait-il pas la médecine ?

Pourquoi ? Parce qu'il était scribe, pardi ! et que c'était un métier sûrement plus sain. Oh ! bien sûr, rédiger des testaments ou peindre « marjolaine » sur un bocal ne générait pas forcément l'enthousiasme mais, en écrivant un testament, on pouvait apprendre des tas de choses stupéfiantes.

Et en écrivant sur des bocaux d'apothicaire ?

Il examina le pot de myrte qu'il tenait en main. Rien de remarquable. Voyons… comment faisait l'apothicaire pour s'y retrouver ? Il se contentait de sentir.

Garin ferma les yeux et alla ouvrir à tâtons un autre bocal. Oui, on pouvait fort bien se repérer à l'odeur. Ici, ça sentait… A… A… Atchoum !… Ça sentait la primevère !

Il rouvrit d'un coup les yeux. Mordiou, il aurait mieux

fait de lire d'abord l'inscription au lieu de jouer à l'aveugle : « primevère » ! La primevère était son ennemie personnelle. A peine en sentait-il une qu'il ét… Atchoum ! éternuait. Et maintenant… A… A… Atchoum ! il était bon au moins pour sept… A… A… Atchoum !… sept éternuements.

Il reboucha vite le pot et appuya sur le couvercle de toutes ses forces, comme si ça pouvait annuler l'effet de … A… A… Atchoum ! mais c'était trop… Atchoum !… tard.

Onze éternuements. La primevère séchée lui était encore plus redoutable que la fraîche. Voyons, où en était-il ? Ah oui ! A se dire que le métier de scribe pouvait réserver de bonnes surprises, tandis que celui de médecin n'en dissimulait que de mauvaises : si vous sauviez le malade, tout le monde était persuadé qu'il ne s'agissait pas d'une maladie grave, si vous ne le sauviez pas, on ne voyait pas votre utilité, et on pouvait même accuser vos remèdes de l'avoir tué.

Sans compter qu'un métier où on ne fréquente que des moribonds n'est bon ni pour le moral, ni pour la santé.

Hum… Il avait malgré tout ses bons côtés…

Garin jeta un coup d'œil à l'arrière-boutique. On y stockait les produits chers, comme le camphre ou la poudre de momie, dans des pots d'aspects tous différents car, par mesure de précaution, on n'y portait aucune inscription. Sur un pot ventru, il avisa un grand livre. Le titre en était *Tacuinum Sanitatis*.

Eh ! par une chance incroyable, il était écrit en français et non pas en latin ! Le parchemin était ordinaire et la copie médiocre. Pas l'œuvre d'un scribe, quelqu'un qui, comme lui, aurait appris le métier chez les moines à coups de baguette sur les doigts à la moindre erreur. Tout ce qui pouvait soigner était répertorié là.

L'article « Céleri » disait : « nature chaude et sèche. Utilité : relâche la constipation. Inconvénient : donne la migraine. Remède : laitue. Convient aux complexions froides, aux gens âgés. »

« Pommes acides : nature froide et sèche. » Tiens ! une médication froide et sèche ! Voilà qui pourrait traiter notre porteur d'eau, de complexion chaude et humide. Hé hé… La médecine, ce n'était pas difficile : il suffisait de savoir lire.

« Laitue : modère la soif et guérit de l'insomnie. »

« Vents du nord. » Justement, il en avait eu sa dose à son arrivée ici. « Nature froide. Sélection : celui qui souffle sur les eaux fraîches (on ne lui avait pas donné le choix). Utilité : stimule les sens. Inconvénients : mauvais pour la poitrine, déclenche des quintes de toux. Remède : camphre et eau de rose. » Ce n'est pas ce qu'avait donné Colas à la femme, il avait conseillé l'eau de pluie.

Aussitôt Garin chercha à « Eau de pluie ». « Utilité : bonne contre la toux (ah !). Inconvénients : donne une voix rauque si elle a été souillée. Remède : la chauffer. » Exactement ce qu'avait dit l'apothicaire !

Page suivante : « Joie : donne un bien-être profond, mais, trop souvent éprouvée, conduit à la mort. »

Ah bon ! ? !

Le « Sommeil : réchauffe et humidifie », la « Colère » est « salutaire contre les douleurs de la paralysie mais, si elle se reproduit, amène un teint livide, des tremblements et de l'anxiété. Remède : la décence et le comportement philosophique ». Bah ! Remède trop difficile à appliquer. Garin feuilleta plus loin et s'arrêta sur des mots mystérieux, comme « dattes », « bananes » et même « viande de chameau » qui le laissèrent sceptique. Il était en train de se demander ce que pouvait bien être un chameau lorsqu'un cri le fit bondir sur son tabouret :

– Tudieu ! Que fais-tu là ?

Ahi ! Maître Colas en personne ! « Surtout, n'ayez pas l'air en faute, sinon on vous croira en faute. » Vieux proverbe castillan traduit du polonais par saint Garin.

– J'étudiais la qualité du parchemin. C'est du mouton ?

Le visage de l'apothicaire s'empourpra de fureur. Garin lui aurait bien conseillé « la décence et le comportement philosophique », mais ça n'aurait pas arrangé ses affaires.

– Vous avez de la chance, poursuivit-il, de posséder des livres. Je n'en ai jamais eu un seul. Où avez-vous acheté celui-là ?

Ce ton modéré calma l'apothicaire mieux que la philosophie. Finalement, il ne fallait pas grand-chose pour mener les hommes par le bout du nez.

– Je l'ai rapporté d'Antioche, répondit Colas à contrecœur, et l'ai traduit moi-même de l'arabe. Repose ce livre à sa place et retourne à la tienne. Tu n'as rien à faire dans l'arrière-boutique et je ne te paie pas pour ça. Combien de pots as-tu terminé ?

– J'en suis à « MYRTE ». J'aurai bientôt fini la rangée du bas. C'est long, figurez-vous !

– Bon. Bon. Retournes-y. Et si ça n'avance pas assez vite, tu travailleras aussi le soir.

– Ah oui ? Et quand est-ce que je dors ? Vous ne dormez jamais, vous ?

– Jamais.

Ah. Bon. Eh bien, ce n'était pas forcément un exemple à imiter.

– Je n'en ai pas le temps, reprit l'apothicaire. Il faut que je continue mes recherches.

– A cause de cette maladie ?

– A cause d'elle. Je n'en ai pas encore bien compris les symptômes. La preuve : Louise est au plus mal et je n'ai rien vu venir. Elle toussait seulement. C'est le premier cas où je vois la maladie commencer par de la toux.

Louise, c'était la petite noiraude ?

– Et par des picotements ? s'inquiéta Garin. Ça peut commencer par des picotements ?

L'apothicaire fit un geste d'ignorance vraiment peu rassurant.

Ils furent interrompus par l'arrivée d'un vieil homme qui venait chercher quelque chose pour sa femme atteinte d'une forte fièvre. L'apothicaire donna du camphre (pas besoin d'inscription, l'odeur en emplit d'un coup l'officine), en ajoutant que si la médication provoquait de l'insomnie, il faudrait prendre autre chose avec. Il puisa alors dans le pot de violettes, fit un signe discret à Garin et lui glissa d'apporter le pot de nénuphar.

– Est-ce que ça va mieux dans la ville ? demanda l'homme. Il n'y a pas eu de mort aujourd'hui, hein ?

Bien qu'il ait posé assez clairement la question à l'apothicaire, celui-ci fit comme s'il n'avait pas entendu.

Garin eut une petite toux pour tester sa gorge. Plus aucun picotement. Il avala quand même un petit morceau de pain trempé dans le vinaigre. C'était terriblement acide mais, dans certaines circonstances, difficile de faire le difficile.

– Il est midi, déclara Colas, je m'en vais manger à l'auberge. Et n'oublie pas que ton travail est de t'occuper des écritures, pas de fouiner. A ce propos… Je commence à trouver que les gens s'inquiètent beaucoup. Il vaudrait mieux ne plus laisser l'officine sans surveillance. Ils sont si bêtes qu'ils pourraient voler n'importe quoi en croyant se protéger. Surveille les gestes de ceux qui entrent. Les bocaux dangereux sont hors de portée, mais on ne sait jamais. Et ne laisse personne pénétrer dans l'arrière-boutique : les produits rares et chers tentent toujours plus que les autres. Comme s'ils pouvaient soigner mieux !

Et il sortit.

Contrairement à ce qu'il avait annoncé, il ne s'éloigna pas. Il s'arrêta sur la dernière marche et s'accroupit très vite, pour refaire le laçage de sa botte droite. D'où il se trouvait, il apercevait le plancher usé par le frottement des pieds à l'entrée de l'échoppe, et aussi tout l'espace qui menait jusqu'à la porte de l'arrière-boutique.

Garin ne bougea pas de sa place près de la fenêtre.

L'apothicaire renoua lentement sa deuxième botte. Le scribe sifflotait dans son coin. Aucun mouvement.

Colas Kerével fit semblant de considérer encore ses lacets, ce qui lui permit de s'éloigner en demeurant courbé au moment où il passait devant la fenêtre. Enfin il se redressa et gagna l'auberge.

Un sourire moqueur se dessina sur les lèvres de Garin. Pas malin, cet apothicaire ! Pas assez malin pour lui, qui avait été cuit par trop de soleil et arrosé par trop de pluie pour être tombé de la dernière. Si Colas se fiait à son nez, lui, Garin, se fiait à son oreille, et son oreille avait parfaitement décelé que l'apothicaire ne s'éloignait pas dans la rue, qu'il s'était arrêté sur les marches et n'avait repris son chemin qu'un bon moment après.

Puisque c'était comme ça, il allait faire ce dont on le

soupçonnait : fouiller dans l'arrière-boutique. Bien fait pour l'apothicaire, saint Garin serait sûrement d'accord.

Ahi ! saint Garin ne devait pas être vraiment d'accord car, à cet instant, une tête surgit à la fenêtre et le nez rouge de Pezron éclaira l'officine.

– Maître Colas n'est pas là ?

– Il est parti à l'auberge.

– C'est bien. Ce n'est pas lui que je voulais voir, c'est vous. J'ai une lettre, et je voudrais que quelqu'un me la lise.

Tiens donc ! Mais comment faisait cette bonne ville de Conq quand il n'était pas là ?

– Saurez-vous garder le secret ? poursuivit la femme.

« Secret »... Hé hé...

– Je vais vous faire une confidence, chuchota Garin, le secret est mon métier.

Le phare de Conq s'orienta vers la rue et Pezron jeta un coup d'œil méfiant de chaque côté avant de glisser discrètement le pli par la fenêtre.

Il ne s'agissait pas de parchemin, mais d'un papier de très mauvaise qualité, plié en deux. L'encre qui avait servi à l'écrire avait été mal diluée, ce qui rendait les lettres boiteuses, voire carrément souffreteuses. Travail d'amateur.

C'était évidemment du breton. Garin lut au jugé – en prononçant les mots dans sa tête pour les comprendre – puis relut pour être certain de ne pas se tromper. Enfin il déclara en essayant de demeurer de marbre (puisqu'il ne devait en principe jamais retenir ce qu'il lisait pour autrui) :

– « Fais attention à toi, Hervé-le-maudit, ton tour viendra. »

Contrairement à son attente, Pezron ne parut pas atterrée.

– Je m'en doutais, souffla-t-elle d'un air découragé. C'est pour cela que je ne l'ai pas donnée à lire à mon mari.

– Vous savez d'où cela vient ? demanda Garin.

– De mon beau-frère, Morvan, le passeur. Vous le connaissez…

– Et qui est Hervé ?

Pezron le considéra avec surprise.

– Hervé est mon mari, bien sûr, et le frère de Morvan. Vous savez, si je me doutais du contenu de cette lettre, c'est qu'il ne s'agit pas de la première menace de Morvan.

– Ils sont frères ennemis ?

– Oh oui ! Depuis l'affaire de l'héritage de leurs parents. Néanmoins, jusque-là, Morvan s'en était tenu aux injures et aux menaces verbales. J'avoue que « ton tour viendra » m'inquiète. C'est bien ce qui est écrit, n'est-ce pas ?

– Ici, fit Garin en soulignant la phrase du bout de son ongle plein de peinture.

– « Ton tour viendra… » On dirait qu'il évoque quelque chose de précis.

– « Ton tour », nota Garin, suppose que le tour d'autres est déjà passé. De quoi parle-t-il ?

– Je crois que c'est des morts de ces derniers temps, de l'épid… enfin vous voyez.

– Bah ! Ce genre de mal choisit qui bon lui semble et touche rarement ceux qu'on voudrait.

– C'est que, cette maladie, certains disent qu'il ne s'agit pas d'une maladie ordinaire…

Garin cessa de respirer. Pezron semblait hésiter.

– Il s'agirait de quoi ? interrogea-t-il vivement.

La femme agita les lèvres sans émettre le moindre son, mais Garin avait très bien lu : « Malédiction ».

Eh ! Il savait mieux lire le breton sur les lèvres que sur le papier… Quoi ? Malédiction ?

– Oh ! s'exclama-t-il sidéré. Pour se venger de votre mari, Morvan jetterait une malédiction qui tuerait d'autres personnes ?

– Justement, je ne comprends pas et j'ai peur.

– Tu as des soucis, Pezron, que tu es chez l'apothicaire ? s'informa Nicole en s'arrêtant à son tour devant la fenêtre.

– Non. Je parle avec le scribe.

– Alors, ce n'est pas à cause de… (elle ne prononça pas le mot « épidémie »). Moi, m'est avis qu'il faut prier saint Corentin. C'est un bon saint pour nous. Il nous ressemblait, il se nourrissait de poissons, comme nous. Sauf que lui, il n'avait besoin que d'un seul poisson. Quand il avait faim, il en coupait une tranche et ensuite il le remettait à l'eau. Et le poisson n'était pas blessé du tout, il était entier comme avant. Ah ! Attendez, Riwal m'appelle. Je vous laisse.

Un moment, Pezron suivit Nicole des yeux.

– Pour revenir à votre affaire, chuchota-t-elle enfin sans commenter les paroles de la lavandière, je ne comprends pas ce que veut vraiment dire Morvan.

– Est-ce que ceux qui sont morts ces temps derniers avaient des rapports avec votre beau-frère ?

Pezron réfléchit.

– Tout le monde a pris une fois ou l'autre le bac du passeur : si on veut aller de ce côté de la baie, on est bien obligé.

– Morvan est-il sorcier ?

– Non… Mais une malédiction, on peut la faire lancer par quelqu'un d'autre. Ou alors, peut-être qu'il sait seulement quelque chose à propos de cette malédiction, et qu'elle va étendre son ombre sur nous.

Garin se pencha vers elle. Une malédiction, ça ne le concernait pas : il n'était pas ici depuis assez longtemps pour s'être fait des ennemis, et c'était bien soulageant. Il souffla :

– Vous connaissez un sorcier, ici, qui aurait pu… ?

Pezron lui jeta un regard dans lequel il lut de l'effroi.

– Non, dit-elle soudain trop brusquement. Non.

Elle reprit la lettre des mains de Garin et, sans même remercier, elle s'éloigna très vite.

9
Charmante famille Le Raz

Crédiou ! Pezron ne lui avait pas dit le fond de cette haine mortelle entre les frères et, franchement, Garin détestait les énigmes. Simple curiosité intellectuelle.

Bon, d'accord ! Simple curiosité tout court.

Voyons, il fallait trouver quelqu'un qui…

Riwal Dauzon pourrait faire l'affaire : c'était un bavard, du genre qui parle avant même d'avoir réfléchi. L'inconvénient, c'est que cela lui coûterait un pot d'hypocras, et que l'hypocras était terriblement cher.

Garin hésita un instant. Est-ce qu'il était raisonnable de laisser l'officine sans surveillance ? Bah ! L'apothicaire la laissait bien ouverte avant son arrivée. Il allait tirer la porte sur lui, ce serait suffisant.

Il traversa la rue d'un pas décidé. Quelque part dans une arrière-cour, un chien aboyait à se briser les cordes vocales et les mouettes criaient encore plus fort, comme pour jouter avec lui. Vraiment, l'ambiance sonore des villes de mer était insupportable.

Il s'arrêta devant l'étal du marchand d'hypocras et, tout en faisant le geste de se boucher les oreilles pour se protéger du bruit, il commanda un pot, le plus petit possible, comme s'il n'avait pas vraiment soif. Il aurait dû regarder dans le grand livre de Kerével si l'hypocras était bon pour quelque chose, ça l'aurait peut-être consolé.

– C'est bon pour la résistance des tympans ! s'entendit-il raconter.

– Ah bon ? s'ébahit le jeune marchand. Eh bien je ne vais pas manquer d'en aviser mes clients.

Hum... Après tout, si ça ne leur faisait pas de bien, aux clients, ça ne pouvait pas leur faire de mal.

Garin trempa ses lèvres dans le liquide. (Beurk ! en plus c'était trop sucré !) Il réfléchissait rapidement à la manière d'aborder le vrai sujet, lorsque Riwal lui coupa l'herbe sous le pied :

– J'ai vu Pezron chez Kerével. Elle aurait des problèmes de santé ?

Crébleu ! Il aurait pu économiser ses cinquante deniers : une journée entière de salaire ! Du coup, l'hypocras lui parut carrément amer.

– Rien de grave, lâcha-t-il en pesant ses mots, elle craint pour son mari. A cause du beau-frère. Drôle d'affaire ! Les disputes d'héritage sont les pires. Je ne sais plus ce qu'elle m'a raconté... Une histoire affreuse, apparemment.

– « Affreuse », n'exagérons rien, protesta Riwal.

Et c'est ainsi que Garin apprit que, quatre ans auparavant, Hervé et Morvan Le Raz s'étaient partagé l'héritage de leurs parents. Il y avait eu dispute au sujet de la ferme : le droit français en laissait la propriété à l'aîné, le droit breton prévoyait de la donner au plus jeune. Bien sûr, chacun voulait se conformer au droit qui l'arrangeait le mieux. La dispute tourna vite à la haine mais, contrairement à ce qu'imaginait Garin, c'était finalement le beau-frère, Morvan, qui avait hérité.

– Morvan a eu la plus belle part et il accuse son frère ? s'étonna-t-il.

Et Riwal expliqua : Morvan avait bien eu la ferme et le troupeau, tandis qu'Hervé héritait d'un petit entrepôt de blé, mais voilà que, peu après, le sort s'était acharné sur Morvan. Ses vaches s'étaient mises à crever l'une après l'autre, tant et si bien qu'il avait été ruiné. Depuis, il devait gagner sa vie comme passeur. Le comble, c'est que, de son côté, Hervé avait fait prospérer son petit commerce, et avait même été en mesure de racheter les grands entrepôts de la ville.

– « Le sort s'est acharné » ? s'intéressa Garin. Vous voulez dire qu'on a jeté un sort aux vaches de Morvan ?

– Hervé prétend que non, bien sûr. D'après lui, les vaches seraient mortes par manque de surveillance. Morvan ne les aurait pas enfermées le soir, et elles seraient aller brouter des ifs qui poussent près de la rivière. L'if, c'est mortel pour les bêtes. Morvan ne veut pas reconnaître que les choses se sont passées ainsi, et peut-être d'ailleurs qu'elles ne se sont pas passées ainsi. Alors, vous vous plaisez chez l'apothicaire ? Il n'est pas trop désagréable avec vous ?

Tiens ! Riwal était bien comme lui : il préférait glaner les informations plutôt que de les distribuer.

– Il n'est pas très gai, répondit Garin, mais ça se comprend. Vous le savez bien, puisque vous avez failli devenir son gendre.

Riwal se mit à rire. Un rire qui sonnait faux.

– C'est lui qui vous a dit ça ? Évidemment, il aurait bien voulu que je l'épouse, sa fille.

– Vous avez refusé ?

– Je n'ai pas donné de réponse. Je réfléchissais. Elle

n'était pas vilaine, notez bien, et plutôt riche, mais d'un teint si sombre à cause de sa mère, qu'on aurait dit une Égyptienne*. Vous comprenez mon hésitation. C'est alors qu'elle est morte, ce qui a résolu l'affaire.

Ah. Résolu l'affaire.

Garin rentra vite à l'officine. Colas Kerével n'était pas encore revenu. Parfait. Il pouvait en profiter pour filer jusqu'à l'arrière-boutique et consulter l'article « If ».

Hélas, l'if n'était pas répertorié. Par contre, il y avait « Hypocras » : « aide à digérer ». Rien de plus ? Pour cinquante deniers, ça ne valait pas le coup.

Garin sursauta. L'apothicaire se tenait sur le pas de la porte. L'avait-il vu ? Vite ! Sauter sur la troisième marche de l'escalier, pour faire ensuite semblant de descendre d'un pas nonchalant. Par bonheur, une voix venant de dehors appela à cet instant :

– Maître Colas ! Le Conseil des Bourgeois vous fait demander.

– Moi ? Le Conseil des Bourgeois ? C'est bien la première fois qu'on m'y invite !

– Il s'agit d'une convocation, précisa la voix. Le Conseil aurait une question à vous poser.

L'apothicaire était « convoqué » ? Il ne faisait pas partie du Conseil des Bourgeois ? Voilà qui était étonnant pour un homme aussi important dans une petite ville comme celle-ci. Étrange. Étrange. Garin adorait tout de qui était étrange.

« Étrange » ? Ça ne pouvait hélas pas servir à grand-chose dans son maître mot. Dommage. En attendant,

---

* Nom qu'on donnait aux Tsiganes.

maître Colas l'avait de nouveau laissé seul, et il n'avait toujours pas réussi à aller manger.

Il sortit. Manque de chance, la boutique du pâtissier était fermée.

– Hep ! Fils ! lança le charcutier en le voyant passer. Veux-tu gagner un denier ?

– De quelle façon ?

– Tu entends ce chien, qui gueule depuis ce matin ? Tu vas aller le voir et lui porter ce poumon de mouton.

– Vous croyez qu'il aboie parce qu'il a faim ?

– Je ne sais pas pourquoi il aboie, mais le poumon de mouton empêche les chiens d'aboyer, c'est ce qu'on dit.

– Je vais vous rendre ce service. En paiement, donnez-moi donc une bonne tranche de pâté en croûte.

Le marché conclu, Garin, poumon dans une main et pâté dans l'autre, se mit à la recherche du chien. La ville n'était pas bien grande, et il suffisait de se diriger à l'oreille.

Son oreille le mena dans les arrière-cours des boutiques. Un peu d'esprit d'observation permettait de reconnaître à sa réserve de bois à sabots celle du savetier, à ses barriques celle de la taverne, à ses sacs de toiles vides celle du pâtissier. C'est là que le chien – grand, jaune, à poils aussi raides et broussailleux que les cheveux de Garin – s'égosillait. Pourquoi le pâtissier ne s'occupait-il pas de faire taire sa bête ?

Garin s'approcha. Il ne craignait pas les chiens. Généralement il s'entendait bien avec eux et, malgré tout ce qu'on racontait à leur sujet, ceux qu'il rencontrait sur les routes ne l'avaient jamais agressé. Celui-ci ne semblait pas non plus vouloir lui sauter à la gorge, il paraissait au contraire heureux de voir arriver de la compagnie.

Tout en remuant la queue (signe de contentement), il ne pouvait s'empêcher de lancer des aboiements (signe d'énervement) entrecoupés de hurlements (signe de détresse).

– Qu'est-ce qui t'arrive ?

Sa voix fit taire le chien, qui se mit aussitôt à gémir, gueule fermée et yeux suppliants. C'est alors que Garin le vit. Là. Le pâtissier. Le nez contre terre. Crédiou ! L'homme nageait dans une puanteur de diarrhée et de vomissures, et il paraissait... mort ! Mort !

Garin recula lentement. Il ne fallait pas y toucher. La Maladie !

Il jeta le poumon de mouton au chien, se retourna et se mit à courir pour regagner la grande rue et donner l'alerte. Il n'y parvint pas : il venait de buter contre quelque chose et de s'affaler, le nez dans des crottes de chèvre.

– Où cours-tu ainsi ? demanda un vieil édenté discrètement assis derrière une cage à poules.

Lui avait-il crocheté le pied ?

– Là ! s'exclama Garin un peu suffoqué, il y a un mort. C'est le pâtissier !

– Tiens donc, fit l'autre sans se démonter. Il ne l'a pas volé, celui-là. Mettait de la farine noire avec la blanche dans ses gâteaux. Voleur !

La prononciation, à cause du manque de dents, était affreuse, mais il n'y avait pas à douter du sens des mots. Cet homme avait-il toute sa tête ?

Garin se releva en frottant ses chausses du revers de la main. Par chance, elles n'avaient pas été percées.

– Une veine que vous m'ayez fait un croche-pied, grogna-t-il, je n'avais justement jamais senti de près des crottes de chèvre. Ça me manquait.

Pour toute réponse, le vieux, d'une crasse repoussante, mal rasé, la bouche tordue, lui agrippa le poignet d'une main de fer.

– C'est toi le scribe qui travaille chez l'apothicaire ?

– Qu'est-ce que ça peut vous faire ? grogna Garin en essayant de se dégager.

– Méfie-toi, il ne fait pas bon habiter là. Le Colas, on lui a fauché toute sa compagnie.

Qu'est-ce qu'il racontait, ce vieux fou ?

– Qui a été fauché ? demanda Garin plus impressionné qu'il ne voulait l'admettre.

– Ça arrange bien les affaires de certains et de certaines, ricana le vieux.

De quoi parlait-il ? Voulait-il dire que la mort de la fille et de la servante Kerével arrangeait quelqu'un ? Le vieil édenté continuait :

– Les apothicaires ne servent à rien. Moi, je connais une méthode pour savoir qui va mourir. Et la fille Kerével, elle devait mourir. Alors inutile de s'en préoccuper. On dit que tu sais écrire et que tu connais le monde. Moi aussi, je connais le monde. Il est de terre, d'eau, de feu et d'air, enfermé dans un ciel rond. (Il rapprocha son visage et souffla au nez de Garin son haleine putride.) T'a-t-on appris que ce feu qu'on appelle « éclair » en l'air et « foudre » quand il tombe sur la terre est un air très sec et resplendissant qui est produit par le choc des vents ? (Il plissa son nez déformé.) On t'a menti ! Le feu, c'est moi qui le fais !

Et le vieil horrible dressa son doigt.

Au-dessus de lui, Garin vit alors un gros nuage noir dans le ciel tout bleu. La pluie se mit à tomber d'un coup, avec une violence effroyable, et un éclair illumina l'arrière des maisons. Le nez en l'air, Garin recula. Il ne s'était même pas rendu compte que le vieux lui avait lâché le bras. Il se retourna et prit ses jambes à son cou.

10

Les vérités ne sont pas pour toutes les oreilles

Garin leva les yeux vers le ciel de nouveau bleu.

– Vous avez vu ce grain ? lança-t-il à Riwal. D'un coup, une pluie…

– Oui, ça arrive de temps en temps.

Ça arrivait ? C'était normal ?

– On pourrait croire… à de la sorcellerie, tenta-t-il de plaisanter.

L'autre n'eut pas l'air de prendre sa remarque à la légère.

– Vous croyez qu'il y aurait un sorcier là-dessous ?

– Je ne sais pas. Il y a un sorcier, à Conq ?

Le jeune homme considéra Garin d'un air troublé mais ne répondit pas. Il se contenta de demander avec une certaine réticence :

– Qu'a-t-on fait du pâtissier ?

– On l'a rentré chez lui. Le menuisier fabrique le cercueil.

– Et… Est-ce qu'on sait la cause de la mort ?

Garin prit à son tour un air mystérieux (après tout, c'était de bonne guerre), salua de la main, et traversa la rue pour regagner l'officine.

La cause du décès, il ne la voyait que trop bien. Que l'épidémie soit due ou non à un sorcier, il n'avait aucune envie de rester pour le vérifier. Quelque chose lui disait de ne pas traîner dans cette ville maudite et de faire ses paquets au plus tôt. Il y allait de ce pas. Il filerait dans sa soupente ramasser ses affaires et quitterait la ville pendant que la mer était encore basse : en plus, ça lui économiserait deux deniers de passeur. Et adieu Conq !

Quand il arriva à l'officine, l'apothicaire n'était pas encore rentré, en revanche il y avait là un soldat anglais. Pourvu qu'il n'ait pas fouillé en son absence ! Si l'apothicaire apprenait qu'il avait oublié de fermer la porte…

– Ah enfin ! lança l'Anglais d'un ton impatient. Donnez-moi de l'argile.

Garin hésita un court instant. L'apothicairerie, il s'en fichait, il voulait juste faire son paquet. D'un autre côté, il était bien obligé d'attendre le retour de Colas Kerével pour toucher son salaire.

Bon. Pour de l'argile, il se sentait de taille. C'était sans danger, et il connaissait bien le tonneau, sous le comptoir.

– Vous êtes d'ici ? demanda l'Anglais. Je ne vous ai jamais vu.

– Vous ne perdez rien, répondit Garin en posant le morceau d'argile dans une coupelle. D'ailleurs je ne reste pas. Je trouve la ville trop… tranquille. Il y a de moins en moins de monde.

– Tranquille, oui, répondit l'Anglais sans comprendre ses allusions. Ces murailles sont si épaisses que les Français ne se risqueront pas à les attaquer.

Vraiment, quelle confiance !

– Méfiez-vous, avertit Garin avec un soupçon de

perfidie. Il existe un nouvel engin qui s'appelle « bombarde », une sorte de gros tube qui crache des boulets de pierre capables d'ébranler les meilleures murailles.

L'Anglais eut un rire chevalin.

– Et moi, répliqua-t-il, j'ai entendu parler d'oiseaux tellement vifs qu'ils ont le temps de construire leur nid dans la bouche d'un homme qui bâille.

– Et moi d'un forgeron si efficace, s'emballa Garin, qu'en fabriquant ses clous à ferrer, il les envoie de son dernier coup de marteau directement dans le sabot du cheval. Il peut faire voler ses clous n'importe où. Et figu-

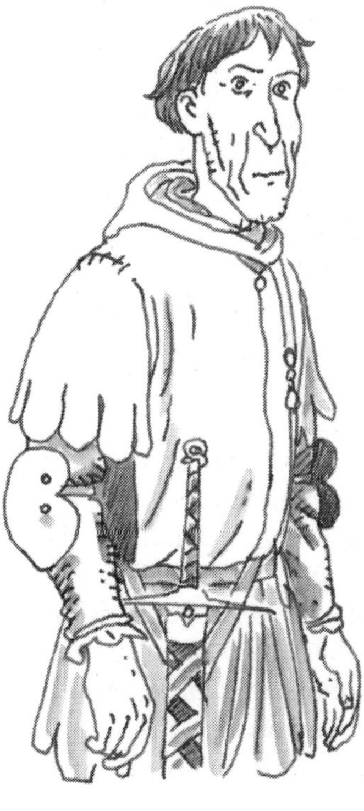

rez-vous que ce gars-là n'aime pas les soldats, allez savoir pourquoi. Il suffit qu'il en voie un passer devant sa forge, pour qu'il lui expédie un clou dans la tempe. L'autre, naturellement, tombe raide mort sans s'être rendu compte de rien.

– Oh !… Et il habite par ici ?

– Je ne sais pas trop mais, croyez-moi, regardez-y à deux fois avant de passer devant une forge.

L'Anglais semblait ne plus avoir envie de rire. Il désigna du doigt le registre de l'apothicaire et demanda qu'on y inscrive son achat au nom de son chef, Knolles.

Ce n'est qu'après son départ que Garin regretta de n'avoir pas insisté sur la bombarde : ça, c'était un véritable renseignement, vrai, sûr, avéré, certain, exact, incontestable, et pour une fois qu'il n'inventait pas, on ne croyait pas un mot de ce qu'il disait !

– Que voulait cet Anglais ? s'informa maître Colas en rentrant.

– De l'argile. Je l'ai inscrit sur votre livre de compte. C'est pour un certain Knolles, le chef de l'armée anglaise pour toute la région.

– Merci, je sais qui est Knolles ! s'emporta l'apothicaire. Mais de quoi te mêles-tu ? Cette argile ne convient pas du tout à son cas ! Maintenant, il faut que j'aille la récupérer.

Et il ressortit en bougonnant.

Eh ! Oh ! Heureusement que l'apothicaire avait filé avant qu'il ne lui lance un pot à la figure !… Oui, heureusement, car il valait mieux éviter de se fâcher avec lui avant d'avoir été payé.

– Je ne veux pas manger d'œuf de poule, hurla une petite voix dans la rue, ça va me donner des taches de rousseur !

Allons bon, c'était pour lui ! Une femme et sa fille se

dirigeaient vers l'officine. Le métier d'apothicaire, ça suffisait comme ça, Garin ne voulait pas savoir de quoi cette femme avait besoin. De toute façon, les œufs de poule, ce n'était pas son rayon et le dressage d'enfant non plus. Quant aux hurlements, il s'en passait allègrement. Il bondit dans l'escalier pour aller regrouper ses quelques hardes.

Il ferma sa besace. Il n'entendait plus rien en bas, la hurleuse avait dû renoncer. Il pouvait descendre ranger son écritoire.

Ah la barbe ! Un homme venait d'entrer. Dodu, cossu, ventru, vêtu de velours. Un riche bourgeois. Par bonheur, il était raisonnable et ne lui demanda rien, sauf si Kerével allait revenir bientôt. Après quoi, il attendit. Il avait l'air tourmenté. De quoi pouvait-il bien souffrir ? Apparemment ni diarrhée ni vomissement. Néphrite, vertiges, insomnies, démangeaisons, peur ?

... Mais enfin, qu'est-ce que ça pouvait lui faire, à lui ? Il s'en allait et c'était tout.

– Ah ! Maître Colas, s'exclama le bourgeois en voyant paraître le maître des lieux, il faut que je vous parle. D'urgence.

L'apothicaire lui lança un regard réticent.

– De quoi ? demanda-t-il avec froideur.

– Dc...

Le bourgeois lança un regard significatif à Garin. Malheureusement, Garin était très occupé à ne pas regarder de ce côté-là, et ne pouvait voir ni ses mines embarrassées ni ses regards appuyés. C'est que, pour faire sortir un scribe de cet acabit de son poste d'observation, il en fallait davantage.

– Maître Colas, commença l'homme en désespoir de cause, pour ce que nous avons débattu… Nous avons réfléchi, et la majorité d'entre nous s'est prononcée pour tenir secr… enfin, pour ne pas ébruiter ce que vous savez.

Pour ne pas être clair, ce n'était pas clair, néanmoins le bourgeois aurait bien dû prendre quelques cours de dissimulation avec Garin : pour qu'un secret soit secret, il faut qu'il ait l'air de ne pas exister.

On pouvait, de ce langage fumeux, conclure que ce qui avait été dit au Conseil ne devait pas passer les murs du Conseil. Oui, mais qu'est-ce qui avait été dit à ce Conseil ?

– La majorité ? observa sèchement l'apothicaire.

– Oui. Moins une voix : celle de Daniel Dauzon. Vous voyez bien pourquoi.

Garin ne voyait rien du tout. Évidemment – il fallait être objectif –, ce n'était pas à lui qu'on s'adressait.

Daniel Dauzon… Le père du marchand d'hypocras ? Pourquoi avait-il voté contre, celui-là ? Et contre quoi, d'ailleurs ?

Garin avait la curieuse impression que le bourgeois était dans ses petits souliers tandis que l'apothicaire, malgré sa taille modeste et son dos voûté, le dominait. Spectacle étonnant. Réjouissant. A ce que Garin avait cru comprendre, les bourgeois, qui s'étaient toujours passés de Colas Kerével à leur Conseil, en avaient furieusement besoin aujourd'hui. Pour quelle raison ? Mystère. Seulement voilà : Kerével n'était pas des leurs et n'avait visiblement aucune envie d'en être.

Apparemment excédé par les tergiversations du bourgeois, l'apothicaire jeta à Garin un regard éloquent avant de prendre l'homme en velours par le bras et de l'emmener dehors.

C'était parfait : sur le pas de la porte, ils avaient l'impression d'avoir quitté la pièce, de s'être mis hors de portée d'un scribe indiscret, alors que, la fenêtre étant restée entrouverte, Garin entendait aussi bien que s'ils s'étaient trouvés à l'intérieur.

– Quand vous nous avez dit, commença le bourgeois en toute liberté, que la maladie s'attrapait par le poisson, nous n'avons pas, sur le moment, su réagir comme il le fallait. Après réflexion, nous pensons que cela doit rester secret. Surtout que rien ne prouve que vous ayez raison. Nous pouvons nous contenter nous-mêmes de ne plus consommer de poisson par mesure de prudence.

– Et laisser la population en manger ? ricana l'apothicaire.

– Rien ne prouve, je vous l'ai dit, qu'il y ait là un danger, et si la population n'en achète plus, c'est la ruine des pêcheurs, des sauniers, des sécheurs, des poissonniers. Dauzon, bien sûr, il s'en moque, et même, cela fait bien son affaire : le prix de la viande va flamber et il fera fortune… Le poisson ! Savez-vous bien dans quelle catastrophe vous nous mettez ? Cette ville ne se nourrit que de poisson !

Garin en resta stupéfait. Le poisson ? … Eh ! Nicole avait parlé de ça ! Elle avait dit qu'il fallait prier saint Corentin. Hasard ? Savait-elle quelque chose ? Garin n'entendit pas ce que répondait l'apothicaire, car les deux hommes venaient de s'éloigner dans la rue.

Oh ! mais ça changeait tout, ça ! Parce que lui, du poisson, il n'en mangeait jamais. Pour la simple raison que, depuis qu'il s'était rendu malade avec une matelote d'anguille aux lamproies, le moindre aliment à nageoires le couvrait de plaques rouges et cuisantes.

Oui… Ça changeait tout. Il n'avait plus rien à craindre. De ce pas, il allait remettre ses affaires dans sa soupente.

Garin perçut un bruit curieux. Il faisait grand-nuit, mais le ciel était dégagé et la lune éclairait comme en plein jour. Il tendit l'oreille. L'apothicaire ? Oui, bien sûr, il ne dormait jamais et travaillait la nuit.

Eh ! Ce bruit, c'était celui de la porte de l'arrière-boutique, celle qui donnait dans le jardin. L'apothicaire ne se contentait pas de travailler : il allait se promener.

Depuis son antre des courants d'air, Garin ne pouvait pas voir de ce côté. Il traversa donc le palier et pénétra dans la chambre interdite. La fenêtre en était habillée d'une solide toile enduite de cire, et non pas simplement de papier huilé comme la sienne. Il en entrouvrit discrètement le battant.

Dehors, il y avait un homme, qui creusait la terre. Près de lui, une sorte de barrique.

Est-ce que ce serait le *laboureur de minuit* ? Garin regarda la lune. Non, vraiment, avoir le cœur à plaisanter alors que la lune était pleine et que quelqu'un jouait au fossoyeur dehors…

Ce quelqu'un était l'apothicaire, il le reconnaissait parfaitement. Qu'est-ce qu'il enterrait ? Ses réserves de poisson salé ?

Eh ! « Poisson » et « poison », ça se ressemblait ! Oui, il était prêt à croire que cette saleté de poisson pouvait être responsable de pire que de plaques rouges.

Mais pourquoi creuser pendant la nuit ? Crédiou, est-ce que ça pouvait être une manigance de sorcier ?

11
De vieilles histoires

Dans la nuit, la pluie était tombée à verse. Il y avait eu encore quelques grondements de tonnerre, qui avaient recroquevillé les peurs au fond des lits. Au matin, il ne pleuvait plus, mais cela ne valait guère mieux. Dans le jardin, il y avait maintenant une flaque d'eau à l'endroit où l'apothicaire avait creusé. Qu'avait-il enterré là ? Garin aurait donné cher pour le savoir.

Creuser lui-même ? Pour tomber sur une figurine de cire percée d'aiguilles, ou bien un sac contenant du sable de cimetière, des coquilles d'œufs de poule noire et des épingles… non merci.

La clocha sonna à la volée le cinquième enterrement de la semaine, celui du pâtissier.

Plein d'hésitation, Garin descendit lentement l'escalier. Devait-il rester dans cette maison ? C'est qu'il ne savait plus que penser de l'apothicaire, et il aurait bien voulu comprendre si ses pratiques suspectes étaient destinées à jeter des sorts ou à les lever. Et puis, autre chose le tourmentait…

Tout le monde était à l'église, et il n'y avait donc personne dans l'officine. Il sortit dans la rue déserte et marcha vers les remparts, histoire de boire un grand bol de ce vent du large qui balayait l'îlot. C'était vraiment l'automne. Il détestait l'automne, pour ses pluies humides, ses vents venteux, ses rhumes éternuants. Il adorait l'automne pour ses tons dorés, ses brumes enveloppantes et les rêves qui filaient dans son ciel.

Oui… Inutile d'essayer de se distraire de ses pensées, il devait prendre une décision, et pas seulement pour son logement chez l'apothicaire : il était un des seuls à savoir que la maladie venait par le poisson et son devoir était sans doute de prévenir tout le monde. Seulement, il risquait fort de perdre son emploi et d'être banni de la ville par le Conseil des Bourgeois. Alors, comment alerter la population sans que ça lui retombe dessus ?

En traversant le cimetière, il remarqua des buttes de terre fraîches révélant que le sol avait été remué récemment un peu partout. Saleté de maladie. Saleté de poisson. Saleté de ville. Qu'est-ce qu'il avait, ce poisson ? Pourquoi était-il malade ? On lui avait jeté une malédiction ?

Au cimetière, il n'y avait encore personne, sauf… Nicole, qui priait devant une tombe. S'il l'avertissait, pour le poisson, sûr que toute la ville le saurait avant midi. Oui. Il allait le faire.

Il s'approcha d'un pas décidé. C'est alors que Nicole, levant les yeux, l'aperçut. Elle rougit violemment, se détourna et s'enfuit vers l'église. Qu'est-ce qui lui prenait ?

Garin la regarda disparaître d'un œil perplexe. Pas la conscience tranquille, celle-là. Devant quelle tombe se trouvait-elle ? Là-bas…

Si quelques tombes étaient ornées de croix, la plupart ne portaient ni signe distinctif ni inscription. Et malheureusement, sur cette butte de terre, il n'y avait guère qu'un pied de myrte.

Du myrte ? C'était plutôt rare. On n'en voyait guère que chez les apoth…

Crédiou ! Cette tombe était sûrement celle de la fille de Colas ! Pourquoi Nicole avait-elle été gênée qu'il la voie ici ?

Décidément, il se passait de drôles de choses, dans cette ville.

Tout en réfléchissant, Garin quitta le cimetière et descendit jusqu'à la porte aux Vins. Des fûts vides attendaient les bateaux qui devaient venir de Bordeaux. Ils n'arriveraient pas aujourd'hui : la mer était haute et aucun navire n'avait encore franchi le goulet. Peur de la maladie ?

Jamais Garin n'était allé à Bordeaux. Il savait seulement que la ville se trouvait en territoire actuellement anglais. Où, au juste ? Ma foi…

– Garin !

Depuis l'entrepôt gorgé de sacs de blé, Pezron lui faisait des signes. Elle paraissait agitée et s'essayait à toutes sortes de mimiques pour tenter de lui faire comprendre qu'il devait rester discret. Intrigué, il s'approcha d'un pas savamment nonchalant.

– Vous n'êtes donc pas à la messe d'enterrement ? souffla-t-il.

– Le pâtissier n'était pas de nos amis. Une histoire de farine, qu'il a eue avec mon mari.

Ah ! oui ! Hervé Le Raz était… Comment appelait-on un marchand de blé ?… Un blatier. Ces entrepôts lui appartenaient-ils ?

– Je voudrais faire une réponse à mon beau-frère Mor-

van, reprit Pezron. Qu'il cesse de nous haïr. Pourriez-vous l'écrire ?

Elle sortit de la bourse nouée à sa ceinture un petit morceau de parchemin de piètre qualité et le lui tendit.

– Quand vous aurez le temps, précisa-t-elle comme pour s'excuser. Je paicrai, bien sûr.

– Que dois-je écrire ?

– Dites : « Nous ne sommes pour rien dans vos malheurs et – après tant d'années, il serait bon de cesser nos querelles. Aussi, si vous voulez reconstituer votre troupeau, nous sommes prêts à mettre à votre disposition nos maigres économies. »

Si les économies étaient aussi maigres que la dame et aussi insignifiantes que le contenu de cet entrepôt, elles devaient tout de même être confortables.

– « Croyez que… » continua Pezron.

– Si j'écris bien serré, intervint Garin, jusqu'à « économies » ça va, mais ce que doit croire votre beau-frère ne peut tenir sur ce petit morceau de parchemin.

La grosse femme eut l'air désarçonnée, puis elle admit :

– C'est bon. Faites jusqu'à « économies » mais surtout n'en dites rien à… à…

Garin l'aurait volontiers laissée mariner dans son embarras, si elle ne lui avait paru la personne la plus humaine de cette ville.

– A qui que ce soit ? proposa-t-il en se demandant comment elle pourrait cacher cela à son mari.

Après tout, Pezron avait sans doute des biens personnels, qu'elle était prête à sacrifier pour assurer la paix. Avait-elle donc peur de Morvan à ce point ? Quand on avait lu le billet envoyé par l'aimable passeur, on pouvait le comprendre. Eh ! Ce Morvan, avait-il à voir avec la maladie du poisson ?

Le poisson… Il faudrait qu'il pense à en parler. Quand il aurait le renseignement qui lui manquait.

– Je viens de rencontrer Nicole, dit-il, elle priait sur la tombe de la fille Kerével.

Il avait bien calculé sa phrase, qui eut un excellent résultat. Pezron soupira :

– Elle a des remords, évidemment. Pourtant, elle n'y est pour rien.

Pour rien. Cela voulait-il dire que Nicole aurait pu être pour quelque chose dans la mort de la jeune fille ?

– Elle la détestait, bien sûr, reprit Pezron. Faut dire, la

petite Kerével, elle avait son caractère, et elle ne voulait pas que son père épouse Nicole.

Ah bon ?

– Et l'apothicaire, s'informa Garin, il voulait se remarier ?

– Lui ? Ça m'étonnerait bien. Il n'a jamais regardé Nicole autrement que comme sa lavandière. Quand on a eu une femme aussi belle et aussi intelligente… D'ailleurs, même si sa fille n'est plus là, il ne fait pas mine de s'intéresser à elle.

L'obstacle était levé ! Voilà de quoi parlait la jeune fille, sur la grève ! Eh bien elle pouvait croiser les doigts tant qu'elle voulait, Kerével n'avait apparemment aucune envie de se remarier. Il lui avait même parlé de sa fin prochaine.

Sambieu ! Le vieux à la chèvre avait dit que la mort de la fille Kerével arrangeait certains… Et aussi qu'on avait « fauché » à l'apothicaire « toute sa compagnie ». La fille était-elle vraiment morte de la maladie du poisson, ou bien d'autre chose ?

– Cette pauvre Nicole, poursuivit Pezron, elle n'a guère eu de chance dans la vie. Avec son mari péri en mer et son ivrogne de frère, le huchier.

Garin ne connaissait pas ce fabricant de huches et il ne releva donc pas la phrase sur le moment.

– La vie n'est facile pour personne, reprit-elle. La pauvre femme de Colas Kerével disait toujours : « Je voudrais tant que nous vivions tous en bonne entente. »

– La Mauresque ? hasarda Garin.

– Ce n'était pas une Mauresque ! Les gens sont si sots, si ignorants ! Et le pire c'est qu'ils ne cherchent même pas à savoir. Elle venait d'une ville nommée Antioche, dans le pays de Syrie. Qui vous a parlé d'une Mauresque ?

– Je ne me rappelle pas, mentit Garin. Quelqu'un m'a dit qu'elle avait fini par quitter son mari.

– Le quitter ? Encore une sottise ! Si sa femme est partie, ce n'est pas pour le quitter. Vous savez, sous prétexte qu'elle était étrangère et de teint sombre, personne ne lui parlait, que moi. Ce n'est pas à cause de Colas qu'elle était malheureuse, c'est à cause de la ville. Les enfants lui jetaient des pierres, les femmes cancanaient sur son passage, les hommes lui faisaient des gestes insultants. Alors, elle a voulu s'en aller. C'était une très grande marée, et le passage était presque entièrement à sec. Seulement la mer l'a rattrapée. (Pezron hocha tristement la tête.) Ce fut très dur pour Colas. Je crois qu'il a tenu bon à cause de sa fille. Et voilà qu'elle est partie aussi, la pauvre petite. Et maître Colas n'a rien pu faire. Enfin… avec le temps, il faut espérer qu'il s'en remettra. Il a bien du courage.

– Il n'a pas d'autre famille ? interrogea Garin avec un vague sentiment de culpabilité vis-à-vis de l'apothicaire.

– Si. Mais du jour où il est revenu de ses voyages avec une fille colorée, elle ne lui a plus adressé la parole. Pire encore que le reste de la ville, parce que, pour la famille, ce n'était pas un sujet de moquerie, c'était un sujet de honte. Il aurait mieux valu qu'il ne revienne jamais. Il a voulu faire front. S'est-il rendu compte à quel point sa femme souffrait ?

Voilà, songea Garin, pourquoi il ne faisait pas partie du Conseil des Bourgeois.

– … Mais je ne vois pas pourquoi je vous raconte ça, se reprit Pezron.

Garin, lui, le voyait : elle le lui racontait pour la raison qu'il n'était pas d'ici, et qu'il ne prendrait pas parti. Elle racontait parce qu'elle avait souffert plus qu'elle ne voulait le dire de la situation de Colas et de sa « Mauresque ». Peut-être se reprochait-elle quelque chose à ce sujet ?

– Maîtresse ! appela une voix.

– C'est ma petite servante, souffla rapidement Pezron. Ne vous montrez pas.

Puis, s'avançant dans la ruelle, elle cria :

– Qu'y a-t-il ?

– Il paraît que l'épidémie, c'est à cause du poisson.

– Allons ! Quel poisson ?

– Celui qu'on mange ! Tous les poissons !

Garin n'entendit pas la suite : Pezron avait rejoint la servante et s'éloignait avec elle.

Allons bon ! Juste comme il allait la prévenir ! Qui avait bien pu éventer l'affaire ?

12
Malédiction

Au moment où Garin, une fouace à la main, pénétrait dans l'officine, il entendit l'apothicaire qui disait :

– Il ne me reste plus d'argile.

Plus du tout ? C'est à peine si Garin attendit que le client soit sorti pour s'exclamer :

– Vous avez vendu le baril d'argile en entier ? C'est un remède contre la maladie du poisson ?

– Je ne l'ai pas vendu, répliqua Colas en haussant les épaules, je l'ai jeté. Cette nuit, comme je ne dormais pas, j'ai voulu prendre quelques gouttes de parisette et, malencontreusement, j'ai renversé le flacon. La moitié s'est répandue sur l'argile. Or la parisette est terriblement dangereuse à forte dose, et j'ai dû me résoudre à m'en débarrasser en l'enterrant dans le jardin.

Et voilà ! Pas de secret inquiétant, toute une nuit à supposer les pires manipulations, à imaginer la danse des sorciers sur la place, inutilement.

– J'ai préféré le faire immédiatement, reprit Colas, car on ne sait jamais. Un accident est vite arrivé. Par exemple un scribe ignorant qui en donnerait bêtement à n'importe qui.

Un scribe ignorant ! ? !

Une fillette entra, ce qui empêcha Garin de répondre une insolence. Il se tourna vers sa table et se mit à touiller sa peinture en sifflotant entre ses dents avec agacement.

Un homme pénétra à son tour dans l'officine. Il voulait la même chose que la fillette : une médication contre cette malheureuse épidémie. Derrière lui arriva Pezron,

puis une autre forte matrone, dont le bas de la robe, décoré d'un ruban de boue, indiquait clairement qu'elle venait de la campagne. Entendant les demandes des clients précédents, elle enchaîna d'une voix précipitée :

– Pour moi aussi, un remède contre les humeurs mauvaises.

– Es-tu malade ? demanda l'apothicaire.

– Non. Point encore. Mais j'ai mangé du poisson.

– Nous aussi, et beaucoup, renchérit Pezron en tentant de contrôler l'effroi dans sa voix. Donnez-nous vite quelque chose pour nous protéger.

Entra alors un homme. Le même bourgeois que la veille. Mais depuis la veille, Garin en savait plus sur lui, et en particulier qu'il s'agissait du bonnetier installé à côté de la grande porte. Et il possédait maintenant un renseignement supplémentaire : quand le bourgeois se mettait en colère, il devenait cramoisi. C'est la gracieuse couleur qu'il arborait présentement.

– Qui vous a dit, interrogea l'homme d'un ton furieux, que le poisson était responsable ?

Les femmes se consultèrent du regard avec des mines indécises avant de répondre :

– C'est un bruit qui court.

– Je voudrais bien savoir qui raconte de telles sornettes ? s'emporta de nouveau le bourgeois. Je parierais bien que c'est Daniel Dauzon, dans le seul but de vendre sa viande !

Les femmes secouèrent la tête négativement.

Un court instant, le bourgeois demeura raide dans sa robe de velours, comme si un sorcier l'avait figé là, puis il tourna d'un coup la tête vers Garin et, pointant son doigt vers lui, articula :

– C'est celui-ci ! C'est le scribe ! Lui seul pouvait nous entendre.

Garin détestait qu'on le fixe, il détestait encore plus qu'on pointe le doigt sur lui et, en plus, il détestait les gens détestables.

– Entendre quoi ? s'informa-t-il d'un air faussement innocent. Ce que vous avez dit hier à maître Kerével ? Qu'avez-vous dit, déjà ? Qu'il ne fallait pas révéler…

– Tais-toi donc ! cria le bourgeois en s'empourprant plus encore.

Hé hé ! Si les femmes ici présentes comprenaient que le bonnetier était au courant pour le poisson et avait voulu le leur cacher, il était bon pour une belle rossée.

C'est alors que Colas Kerével prit la parole. Son visage de marbre contrastait étrangement avec la bouille rubiconde de l'autre.

– Inutile d'accuser à tort et à travers, lâcha-t-il. C'est moi qui l'ai révélé.

De surprise, Garin en laissa goutter son pinceau sur ses chausses.

– Mais, bredouilla le bourgeois encore ébranlé par le danger auquel il venait d'échapper, êtes-vous sûr d'avoir raison ? Serait-ce bien le poisson qui …

Tiens, voilà qu'il essayait de faire le veau !

A la place de Colas Kerével, Garin en aurait profité pour se venger des humiliations subies. Or, l'apothicaire ne fit aucune allusion au fait que le bourgeois était déjà parfaitement au courant.

– C'est le poisson, se contenta-t-il de confirmer. Aussi – vous êtes d'accord avec moi –, il faut que cela se sache très vite si nous ne voulons pas que la ville soit décimée. Vous ne le voulez pas, je suppose…

Et toc, songea Garin.

– J'ai consulté mes herbiers, reprit l'apothicaire, pour trouver ce qui pourrait venir à bout de ce fléau. On a déjà vu des cas semblables.

– Oui ? Et on sait les guérir ? interrogea le bourgeois plein d'espoir.

– Du temps que j'étais à Salerne, les plus grands médecins avaient découvert que ce cas d'empoisonnement par le poisson pouvait être dû à un mauvais sort, une malédiction jetée sur la mer et tout ce qui y nage.

– Par Dieu ! s'exclama le bourgeois atterré. Et les crabes, les berniques, les moules, seraient aussi affectés ?

– Je l'ignore, répondit l'apothicaire. Tôt ce matin, j'ai préparé des mélanges d'herbes qui devraient vous protéger.

Sur ces mots, il disparut dans l'arrière-boutique.

Après le silence engendré par la stupéfaction, la conversation se fit générale.

Garin n'écoutait pas, il avait mieux à faire : sa survie pouvait dépendre un jour de ses connaissances médicales, et il fallait absolument qu'il note les recettes de Colas. Du coin de l'œil, il observait ses gestes. L'apothicaire plongea la main dans un pot de terre qui se trouvait à droite, puis dans un autre glissé sous la table. Ensuite il alla peser le tout sur la balance, avant de revenir distribuer une poignée de feuilles à chaque femme.

– Donnez-m'en aussi, s'exclama le bourgeois en se renfrognant. Ce n'est pas pour moi, remarquez bien, parce que je ne crois pas du tout que le poisson soit mauvais. C'est pour ma servante, qui menace de quitter la ville si elle n'a pas sur l'heure ce qu'il faut pour se soigner. Les femmes, vous savez, sont craintives.

Pas les hommes ? Hé hé… Garin aurait parié sa meilleure plume d'oie que la servante ne verrait pas la couleur de ce remède.

Sans répondre, l'apothicaire repassa dans l'arrière-boutique, souleva le gros livre et prit une poignée de feuilles dans le pot de grès qui se trouvait dessous. Il monta ensuite sur un escabeau pour saisir en hauteur un petit bocal de marbre. Garin soupira. Il aurait dû s'en douter, le remède n'était pas le même pour tous. Il attrapa discrètement sa tablette de cire et nota de quels pots on avait donné aux femmes, et à quoi avait eu droit… la servante du bonnetier. Hé hé ! Il avait sans rien dire, au nez et à la barbe de l'apothicaire, commencé son apprentissage.

Le bourgeois paya, sans rechigner, fort cher. Au vu de l'expression inquiète de son visage, Garin estima avoir gagné son pari : un homme angoissé ne pouvait acheter un remède aussi coûteux que pour son propre usage.

La boutique s'étant enfin vidée, il s'informa d'un ton qu'il essayait de rendre détaché :

– Vous ne donnez pas la même médication aux uns et aux autres ?

Colas Kerével devait être plongé dans des pensées fort éloignées du sujet, car il sursauta :

– Pourquoi dis-tu cela ? Tu m'espionnes ?

– C'est involontairement, mentit effrontément Garin. Loin de moi l'idée de fouiller dans vos médications.

Ah ! Lui aussi savait parfaitement faire le veau !

L'apothicaire secoua la tête.

– C'est que, répondit-il enfin, comme je te l'ai déjà dit, la complexion de chacun est différente. Je ne peux pas donner aux natures froides la même médication qu'aux natures chaudes, ni aux bilieux comme aux sanguins.

Évidemment… Bah ! C'était trop compliqué ! Garin renonçait tout de bon à la médecine, à ses aléas et à ses complications. D'ailleurs lui aussi savait aider les gens à mourir : il rédigeait leur testament. Et parfois, ça leur sauvait même la vie, car à la seule idée de devoir laisser ce qu'ils avaient de plus cher, certains malades recouvraient la santé plus sûrement qu'avec les mélanges de l'apothicaire.

– Et… vous connaissez bien la nature de la servante du bonnetier ? ajouta-t-il avec une pointe d'ironie.

Colas Kerével lui jeta un regard surpris.

– Je la connais bien, répondit-il sérieusement, cependant j'ai tout de même donné le remède en fonction de la nature du bonnetier lui-même. Je pense que tu m'approuves…

Pour la première fois depuis son arrivée, Garin décela une lueur d'amusement dans le regard de l'apothicaire, et il pouffa de rire.

– A propos de remède, reprit-il enfin, j'ai rencontré un homme, par là, dans les arrière-cours, qui prétend avoir une méthode pour savoir qui va mourir.

– Ah ! s'exclama Colas en levant les yeux au ciel, tu veux parler du vieux fou ? Je la connais aussi sa méthode : il faut additionner le jour du mois, la somme des lettres du nom du malade à guérir et de diviser par trente. Ensuite, tu repères le chiffre obtenu sur un tableau et tu sais si le malade doit mourir ou non. Bien sûr, ça ne tient pas debout. Ça sert juste d'excuse aux mauvais médecins quand ils n'arrivent pas à guérir leurs patients. Tiens, revoilà… Tu as oublié quelque chose, Pezron ?

– C'est-à-dire que… je viens pour le scribe. Pour savoir quand il aura fini son travail ici.

Garin compta les pots auxquels il n'avait pas encore touché, avant d'évaluer :

– J'aurai fini demain en fin de matinée. Vous avez besoin de moi pour quel genre d'écritures ?

– C'est mon mari. Il cherche quelqu'un pour recopier ses registres.

Parfait. Les affaires marchaient bien et ce n'était sans doute pas fini : une ville menacée de mort aime à régler des comptes, à laisser les inventaires en ordre, à rédiger les testaments. Les scribes, comme les marchands de cierges, ne manquaient pas de travail. C'était une consolation.

– Hervé doit partir demain midi, poursuivit Pezron, il faudrait qu'il vous voie avant. Si maître Colas est d'accord.

– Tu n'as qu'à travailler tard ce soir, proposa l'apothicaire, et tu auras fini pour midi. Toutefois, je voudrais que tu reviennes ensuite, car j'ai autre chose à te confier.

– Rapport à la malédiction ? ne put s'empêcher de questionner Pezron d'une voix où perçait l'angoisse.

– Nullement, répliqua l'apothicaire.

– Et pour cette… pour ça… vous croyez que… Pendant combien de temps on risque sa vie après avoir mangé… ?

– Je n'en sais rien. Mais toi, Pezron, tu es une femme juste et bonne, et les justes n'ont rien à craindre, car Dieu est avec eux.

Dieu ? Garin en resta pantois : n'était-ce pas Dieu qui l'avait affligé, lui, de cette redoutable allergie qui l'empêchait de manger du poisson ? « Euh… excusez-moi, saint Garin, j'ai bien peur d'avoir pesté contre vous quand j'ai vu mon corps couvert de plaques rouges. Heureusement que vous êtes trop bon pour m'en vouloir. »

Restait à espérer que les saints étaient sensibles à la flatterie.

Le soir le surprit le dos courbé sur son travail, les paupières plissées, à la faible lueur de la lampe à huile.

Il traça le « S » de « LENTISTE » et lança à l'apothicaire qui travaillait dans l'arrière-boutique :

– Je n'y vois pas assez. Il me faudrait une autre lampe, ou une chandelle.

– « Chandelle », répliqua l'apothicaire d'un ton de récitation. « Utilité : supprimer l'obscurité et aider à résister au travail de nuit. Inconvénient : affaiblit la vision. Remède : regarder quelque chose de vert foncé. Donne de l'audace. »

– C'est votre livre qui dit cela ?

– Lui-même, confirma l'apothicaire sans élever la voix.

Quel curieux homme ! Garin se saisit du pot suivant. Il devait y écrire « NOMBRIL DE VÉNUS » ou « COTILIDON ». Oui… Il se contenterait de marquer COTILIDON, ce serait bien suffisant. Franchement, il aurait de loin préféré pouvoir se mêler des recherches de l'apothicaire : il y aurait appris beaucoup plus de choses, pouvant même lui sauver la vie. Maudites écritures !

Il jeta un coup d'œil dans l'arrière-boutique. Colas Kerével était plongé dans le *Livre des Simples Médecines*.

– Vous allez encore vous abîmer les yeux, observa-t-il avec presque de l'affection.

– Hum… Ne t'inquiète pas pour moi. Tout cela n'a plus beaucoup d'importance.

Toujours des idées noires, le vieil apothicaire !

Garin reprit son pinceau. Il avait hâte de finir, parce que demain il irait chez Le Raz, et qu'il était fort curieux de savoir ce que le mari de Pezron voulait lui dire. Un simple problème de registre lui paraissait beaucoup trop anodin, quand des menaces de mort pesaient sur sa tête.

13

Chargement suspect

Garin ne se sentait pas très bien. Le ciel était gris et déprimant et il avait mangé la veille au soir trop de ces rissoles à la moelle de bœuf que lui avait fait porter Pezron. Est-ce qu'elle n'y aurait pas glissé par distraction un morceau de poisson ?

A moins qu'il n'en ait simplement abusé. Peut-être aussi que le vin qui l'accompagnait ne lui avait pas réussi. Le vin !... Gervès ! Ses malaises avaient commencé comme ça !

Garin but vite un peu de la potion que Colas lui avait concoctée. Puis il ajusta la sangle de son écritoire sur son épaule et sortit. L'air vif qui venait de la mer lui fit du bien. Le temps était doux, avec un vent léger et tourbillonnant qui sentait l'algue et le pin. Garin prit une grande inspiration. Il aimait ce pays, il aimait la mer, il aimait les ciels gris et tourmentés. Tiens ! Voilà qu'il allait mieux.

D'après les explications de l'apothicaire, la maison d'Hervé et Pezron Le Raz se trouvait entre le port et le petit château, et on la reconnaissait à l'entrepôt qui se déployait derrière, et à la forte odeur de blé. Bien une explication d'apothicaire !

Garin ne sentit pas le blé ; il ne repéra la maison, solide et cossue, qu'à la description qu'on lui en avait faite. Pezron le guettait sur le pas de la porte.

– Avez-vous pensé à mon billet ? souffla-t-elle.

Garin lui glissa discrètement le petit morceau de parchemin – qui n'allait que jusqu'à « économies » – et elle le cacha rapidement dans l'échancrure de sa robe.

– Venez, dit-elle, mon mari se trouve dans les réserves.

L'apothicaire n'avait pas tort : l'odeur de blé se tapissait là, dans cet entrepôt d'une taille à peine plus modeste que celui de la porte aux Vins. Hervé Le Raz apparut entre deux empilements de sacs montant jusqu'aux poutres, ce qui donna à Garin l'impression qu'il était minuscule. En fait, il était un peu plus grand que lui, maigre et nerveux comme un lièvre. Il lança un coup d'œil soupçonneux à l'écritoire.

– Ma femme me dit que vous écrivez passablement, commença-t-il.

Passablement ! Non mais quel culot !

– Je suis très en retard dans mes écritures, continuait Le Raz. Les dernières transactions sont juste inscrites ici (il montra à Garin une planche de bois pleine de chiffres), vous aurez à les recopier. Dans cette colonne, vous avez les sacs de grain, ici la toile, là les produits divers, beurre ou peaux.

Le blatier faisait-il également commerce de toutes ces choses ? Il passait maintenant derrière une table encombrée de balances, de poids, de crochets, pour fouiller dans la niche du mur où étaient rangés ses registres. Il choisit le plus grand, le posa sur un coin de table plein de poussière de blé.

– Voilà, reprit-il, vous recopierez là-dessus. Quand vous aurez fini cette liste-là, vous vous attaquerez à celles-ci.

Et il montra du doigt plusieurs planches identiques accrochées au mur.

Vraiment ? N'avait-il rien d'autre que ces inscriptions en tête ? Rien concernant l'affaire avec son frère ennemi Morvan ?

– Il doit y en avoir… poursuivit le blatier en comptant les planchettes des yeux.

Il s'arrêta brusquement de parler et ordonna d'un geste autoritaire de faire silence. On entendit alors une sorte de crissement, qui s'arrêta, reprit, s'arrêta.

– Ils sont revenus ! éclata-t-il soudain. Saleté !

Pezron n'eut aucunement l'air affectée par cet éclat.

– Les rats, expliqua-t-elle à Garin d'un ton fataliste.

Et soudain, en percevant la différence entre ces deux êtres, Garin eut la certitude qu'Hervé n'était pas au courant de la lettre que Pezron avait envoyée à Morvan. C'est qu'il en avait fréquenté, du monde, dans sa courte vie ! Et, à son avis, le genre petit-coléreux était peu porté aux concessions et aux arrangements amicaux.

Hervé se tourna vers lui pour demander d'un ton plus aimable :

– Je sais que ce n'est pas votre travail mais, puisque vous savez lire, pourriez-vous aller chercher chez l'apothicaire de quoi préparer cette recette qu'on m'a donnée, et que je n'ai pas encore eu le temps d'essayer ?

Sur ces mots, il lui tendit un morceau de papier.

Garin détestait le papier. Bien sûr, ce n'était pas très cher, mais ça buvait l'encre comme un ivrogne assoiffé, et c'était tellement fragile que rien n'y durait. Lui, il n'en utilisait jamais, pour la bonne raison que ce qu'on lui demandait généralement d'écrire devait tenir longtemps. C'était une chance.

Il posa son écritoire, se saisit du papier et entreprit de lire à voix haute ce qui était écrit, d'une part pour prouver qu'il savait correctement lire, d'autre part pour s'assurer qu'il ne pouvait y avoir aucune contestation sur la marchandise à rapporter :

– « Prenez une once d'aconit, deux onces d'arsenic fin, un quart de livre de graisse de porc, une livre de farine de froment et quatre œufs. Faites-en un pain et cuisez-le au four, taillez-le en tranches que vous accrocherez à un clou. Il ne faut pas que les rats aient à boire. Si vous ne pouvez pas les empêcher de boire, glissez des morceaux d'éponge dans les tranches : ainsi, s'ils boivent, l'éponge gonflera et les fera mourir plus vite. »

Sympathique mélange. Que saint Garin le préserve d'en avaler par mégarde !

– C'est bien ça, confirma Hervé d'un ton satisfait. Pouvez-vous aller chercher ce qu'il faut en aconit et en arsenic chez l'apothicaire ? Pendant ce temps-là, mon épouse préparera le pain.

– Je vais vous donner, intervint Pezron, un récipient de cuivre, qu'on puisse bien nettoyer après.

Tout en se hâtant fort lentement vers la boutique de l'apothicaire, Garin songeait aux paroles du vieux à la chèvre. Décidément, il y accordait peut-être beaucoup trop d'importance, mais le genre de recette qu'il avait entre les mains, cette préparation en principe réservée aux rats et qui se déguisait en gâteau… Quelqu'un aurait-il pu en faire manger à la fille de Colas Kerével ?

Eh ! Que se passait-il chez l'apothicaire ? Il y avait la queue jusque dans la rue, une queue tellement longue qu'elle s'étirait devant la boutique du ciergier, celle du fripier, et jusqu'à la porte de l'orfèvre. La confrérie des mangeurs de poisson au grand complet.

Tant pis, il reviendrait quand le climat serait plus calme. Il fit demi-tour.

Il ne trouva plus personne à l'entrepôt. Où étaient-ils donc passés ?

Aaaah ! la frayeur le suffoqua. Il venait d'être soulevé de terre par une poigne incroyable qui le percha sur un sac de blé. Un visage de brute aux sourcils broussailleux s'approcha du sien, un poing fermé atteignit son menton, sa vue se troubla.

Quand il rouvrit péniblement les yeux, une odeur de balle de blé l'étouffait et un visage rond était penché sur le sien. Avec un nez luisant comme un phare.

– Ça va aller ?

La voix de Pezron lui fit à peu près le même effet que toutes les cloches de Pâques se donnant rendez-vous dans son crâne.

– A votre avis, souffla-t-il avec un rictus douloureux, est-ce que je suis toujours vivant ?

– A ce qu'on dit, les morts ne parlent pas, fit la femme d'un ton soulagé.

– Qu'est-ce qui m'est arrivé ? Qui est-ce qui m'a lâchement attaqué par-derrière ?

Il aimait bien « attaqué par-derrière », qui lui restituait son honneur.

– C'est le gardien. Il ne vous connaissait pas, excusez-le. Venez prendre l'air, ça ira mieux.

Sur les remparts, le son des cloches ne pouvait que céder le pas au bruit du vent, et Garin reprit peu à peu des couleurs. En bas, au port, le blatier s'agitait autour d'un chariot attelé à deux bœufs. La mer était basse.

– Dépêchons ! criait-il à des hommes qui chargeaient de gros barils ressemblant à s'y méprendre à ceux dans lesquels on entassait le poisson.

Garin observa distraitement le manège des porteurs, et finit par se rappeler qu'Hervé Le Raz devait s'en aller, Pezron le lui avait dit. C'était même la raison pour laquelle il avait fini ses écritures si tard. Le blatier partait-il avec ce chariot ?

Exactement. L'attelage s'éloigna rapidement le long de la grève pour gagner la terre ferme de Pénéroff avant que la marée montante ne coupe la route.

– Votre mari s'en va ?

– Oui. Il va faire sa livraison de poisson à l'abbaye de Bon-Repos.

Pezron s'interrompit net, comme si elle se rendait compte qu'elle en avait trop dit.

– Mon mari pense qu'avec le poisson séché, il n'y a pas de problème.

– Et vous, qu'en pensez-vous ? interrogea Garin.

Sous ses yeux stupéfaits, la femme du blatier éclata en sanglots.

– Que puis-je faire ? hoqueta-t-elle. Hervé n'écoute rien.

– Ne vous tracassez pas trop, Pezron. Je suis sûr que les moines sont déjà au courant, pour le poisson. N'oubliez pas qu'ils accueillent les voyageurs de passage, et que les nouvelles vont vite. Une fois, quand j'étais à l'abbaye de Bégard, on a appris la naissance du prince alors que la reine n'était même pas encore enceinte.

Bon. Le moment n'était peut-être pas bien choisi pour ce genre de plaisanterie, mais Pezron s'essuya les yeux.

En regagnant son lieu de travail, Garin songeait à cet Hervé Le Raz, qui avait certes hérité d'entrepôts à blé, mais était aussi marchand de poisson. De poisson séché, ce qui signifiait qu'il possédait également des sécheries. Aujourd'hui il était donc riche, alors que son frère gagnait péniblement sa vie comme passeur.

L'homme aux sourcils broussailleux gardait toujours l'entrée de l'entrepôt, cependant on lui avait fait la leçon et il ne bougea pas de sa place. Garin passa sans lui adresser un regard. Non mais !

Surprise : Nicole était là.

– Vous travaillez ici ? demanda-t-il.

– A côté, fit-elle d'un air gêné. Aux sécheries de poisson. Et seulement le matin, avant de m'occuper du linge. Le linge, c'est bien, ça décrasse les mains, parce qu'avec le sel qui vous ronge… Bien, j'étais venue voir Pezron, mais comme elle n'est pas là, je m'en retourne.

Décidément, cette Nicole ne semblait pas beaucoup aimer s'attarder avec lui. Incompréhensible : lui, le « bel inconnu » !

Garin la suivit un moment du regard. Ainsi, Nicole travaillait aux sécheries. Et pourtant, elle lui avait parlé de sel…

Il décrocha les trois premières planches, qui détaillaient les quantités de blé et les noms des bateaux sur lesquels il avait été chargé. Ensuite venait le poisson. Des maquereaux par milliers, des merlus par centaines, des congres comptés par balles, des tonneaux neufs, des quantités invraisemblables de bois pour les sécheries.

L'attention de Garin fut soudain attirée par un petit papier blanc, fiché dans un pilier par un gros clou. Il y était écrit : « *Livrer avant la Toussaint, à l'abbaye de Bon-Repos, cinq cents de merlus secs.* »

Avant la Toussaint. Abbaye de Bon-Repos. Il restait à Hervé Le Raz un mois pour faire la livraison et il venait de partir ! Espérait-il que le bruit de la maladie ne serait pas encore parvenu là-bas ? Aucun scrupule, ce Le Raz ! S'il empoisonnait un monastère entier, les saints moines gagneraient aussitôt le paradis, mais pour lui c'était l'enfer assuré.

Tout à l'heure, une pensée avait effleuré Garin à propos de cette malédiction sur le poisson. Laquelle ? A quel moment ? Impossible de la retrouver.

Il tendit l'oreille : les rats ! Il les avait oubliés, ceux-là ! Il allait d'urgence s'acquitter d'abord de sa course chez l'apothicaire.

Il n'allait pas être déçu.

14
De l'agitation

La queue s'était un peu résorbée, mais l'agitation était telle qu'on paraissait au bord de l'émeute. Deux femmes se frappaient à coups de panier et les injures pleuvaient. On criait des noms, apparemment ceux d'éleveurs, qu'on accusait d'avoir payé un sorcier pour empoisonner le poisson. Colas Kerével finit par sortir sur le pas de sa porte pour vociférer à son tour qu'il ne servirait plus personne dans une telle pagaille. Sur quoi les invectives se coincèrent net dans les gosiers. Un prêtre en profita pour prendre la parole et souligner que, si Dieu leur envoyait ce fléau, c'était pour leurs péchés, et qu'au lieu d'accuser à tort et à travers, ils feraient mieux de se repentir. Il ajouta qu'il se tiendrait à l'église pour y accueillir ceux qui souhaiteraient se confesser et se mettre en règle avec le Seigneur.

Les derniers mots, en rallumant la peur, faillirent avoir l'effet inverse de celui escompté : on voulait des remèdes, et vite ! Visiblement, on craignait que la prière ne puisse pas tout régler. Colas Kerével dut répéter qu'il ne travaillerait pas dans le brouhaha et, finalement, le seul à profiter de la harangue du prêtre fut… le marchand de cierges.

Crédiou, le marchand de cierges ! En voilà un qui avait vraiment intérêt à jeter ce genre de sort !

Oui, mais le menuisier qui faisait les cercueils aussi, et le fossoyeur, le prêtre qui disait les messes, l'apothicaire qui vendait les remèdes, et lui-même, Garin, qui pourrait bien avoir à écrire des testaments.

Eh ! Non ! Ce n'était pas lui.

Ou alors la femme d'un pêcheur noyé en mer, les tisseuses de toile de linceul, le roi des mers lassé de voir ses sujets disparaître dans les filets, un gosse qui détestait le poisson…

– Laissez passer ! laissez passer ! claironna Garin en fendant la foule.

Il était heureusement plutôt petit, maigre comme un hareng saur (Ahi ! la comparaison n'était peut-être pas de saison.), ce qui lui permit de gagner sans encombre l'annexe terrestre du Bon Dieu.

Colas Kerével paraissait débordé. Tant mieux, ce regain d'activité ne pouvait que lui être salutaire. En poussant quelques derrières encombrants, Garin réussit enfin à se glisser jusqu'au fond de la boutique.

– Ne vous occupez pas de moi, chuchota-t-il. Je prends juste une once d'aconit et deux d'arsenic, pour les rats.

Il monta sur l'escabeau et chercha sur l'étagère du haut, qu'il connaissait maintenant par cœur pour en avoir repeint chaque bocal. Ciguë, orpiment, réalgar, digitale, belladone… Voilà : arsenic et aconit se trouvaient côte à côte.

Il descendit les bocaux, un au creux de chaque bras.

– Ne te trompe pas de balance, conseilla l'apothicaire visiblement un peu inquiet de le voir tripoter ses produits dangereux, pèse uniquement sur celle qui sert aux poisons. Je ne veux pas risquer un accident. C'est pour qui, tout ça ?

– Hervé Le Raz.

– Encore ?

Tiens, pourquoi « encore » ? Hervé Le Raz lui avait dit qu'il n'avait jamais essayé l'arsenic, contre les rats. ... A moins qu'il n'ait voulu parler que de recette de brioche empoisonnée ?

– N'oublie pas de marquer sur le registre, ajouta Colas. Il ne peut pas faire ses courses lui-même, celui-là ?

– Il est parti livrer du poisson.

L'apothicaire en demeura bouche bée.

– Livrer du poisson ? souffla-t-il en colère. Quelle hyène ! En voilà un qui boufferait père et mère pour pouvoir ajouter une pierre à sa maison.

Garin remarqua alors que, pour aller plus vite, Colas Kerével avait préparé ses mélanges à l'avance, dans quatre grandes jattes différentes.

– Que leur donnez-vous ? chuchota-t-il en se penchant pour humer une jatte.

– Enlève ton nez de là, répliqua l'apothicaire. Cela ne te regarde pas. Tu n'es pas mon apprenti, ne l'oublie pas.

– Vous croyez que ça va enrayer l'épidémie ? souffla Garin sans se frapper.

– Je ne crois rien.

Contrairement à Garin, l'apothicaire ne prenait pas soin de chuchoter. Il finit à voix haute :

– Nous pouvons un peu et Dieu beaucoup, et si Dieu ne décide pas de lever la malédiction, aucun remède n'y pourra rien. Je suis d'accord avec l'Église : chacun devrait faire son examen de conscience et se repentir de ses fautes pour que mes médecines puissent agir.

Il fit payer le paquet de mélange qu'il tendait, et Garin remarqua qu'il ne profitait même pas de la situation pour augmenter ses prix. Drôle d'homme. Il n'était pas médecin, et pourtant il n'agissait pas comme un simple apothicaire : il prenait toujours soin d'observer son patient avant de décider dans quelle jatte il puiserait. Coup d'œil du connaisseur sur lequel Garin aurait bien aimé en apprendre un peu plus.

Il ouvrit le registre à la page des poisons. Effectivement, le nom de Le Raz figurait à plusieurs reprises, tantôt Hervé, tantôt Morvan, et même Pezron. On voyait les Dauzon, Daniel et Riwal, et d'autres noms que Garin ne connaissait pas. Il inscrivit, au-dessous, celui du blatier.

Portant avec précaution entre ses bras la jatte de cuivre où le blanc de la poudre d'arsenic commençait à se mélanger au vert des feuilles d'aconit broyées, Garin reprit le chemin de l'entrepôt.

Pezron l'y attendait. Elle avait déjà préparé un beau morceau de pâte à brioche qu'elle déposa directement dans la jatte, sur le mélange de poisons, avant de commencer à malaxer le tout avec une grimace de dégoût.

– Je déteste faire ça, soupira-t-elle. J'ai toujours peur de porter mes mains à ma bouche sans y prendre garde.

Le regard de Garin se posa sur ses gros doigts qui écrasaient la pâte, et entre lesquels celle-ci ressortait en boudins lisses et appétissants.

Appétissants… Si elle le voulait, Pezron pourrait tout aussi bien empoisonner son beau-frère plutôt que de lui proposer de l'argent.

Non. Pezron était une femme bonne et juste.

Garin se dirigea vers sa table, sortit de son écritoire

trois plumes de différentes tailles, sa corne à encre (qu'il coinça dans son trou sur le dessus de l'écritoire) et le scalpel. Puis il considéra le parchemin sur lequel il aurait à écrire (médiocre) et choisit finalement avec prudence la plus solide de ses plumes.

L'heure de none* sonnait à une cloche toute proche lorsque Garin, faisant jouer les articulations de ses doigts pour les détendre, descendit lentement vers le port.

La mer était haute et les barques oscillaient au bout de leurs amarres. Sur la bande de sable qui restait au sec, les pêcheurs réparaient leurs filets.

– Regardez-moi ça, s'écria l'un d'un ton exaspéré, elles sont là !

Garin suivit la direction qu'il indiquait et ne vit rien d'autre que des goélands qui tournoyaient en piaillant encore plus fort que d'habitude.

– Dame, dit un autre, c'est la saison. Et le pire, c'est qu'elles ne font que passer, ces maudites sardines.

Cela voulait-il dire que les goélands criaient parce qu'ils avaient repéré le banc de poissons ?

– Bientôt il sera trop tard, reprit le premier, elles seront reparties. Alors moi, tant pis, j'y vais quand même !

– Comme tu veux, mais tu ne les vendras pas.

– Tout ça, c'est à cause de ces maudits bourgeois. Ils veulent ruiner le pauvre peuple ! Et qu'est-ce qu'ils vont manger, nos enfants ?

– Pour moi, intervint un vieux en faisant glisser sa grosse aiguille de bois dans les mailles du filet, c'est tout du faux. Moi, j'ai mangé du poisson chaque jour depuis

---

* Trois heures de l'après-midi.

que j'ai arrêté de téter ma mère, et je n'ai rien. Rien de rien. S'il y en a qui font courir ce bruit, c'est qu'ils doivent y trouver leur compte.

Ah bon ? Quel compte ? Vendre de la viande ? L'apothicaire possédait-il des troupeaux ?

– Si ça dure, on n'a plus qu'à crever… Qui c'est ça ?

A l'homme qui le fixait d'un air méfiant, Garin fit aussitôt un salut goguenard :

– Ça, répliqua-t-il, c'est messire Garin. Garin Troussécaille, scribe, pour vous servir.

– Tsss, siffla l'un des pêcheurs avec dédain, un scribe, ça ne sert à rien. Ce qu'il nous faut, c'est un leveur de sorts.

Les hommes se lancèrent aussitôt de drôles de regards. A voir leur mine, on pouvait penser qu'ils savaient déjà à qui s'adresser.

– Il n'est pas malade, au moins, celui-là ? demanda l'un sans prononcer de nom.

– Les Goupil, c'est comme la mauvaise herbe, c'est increvable. Et le patriarche plus que personne.

– Pourtant, du poisson, ils en ont forcément mangé.

– Peut-être que le poisson salé, c'est moins mauvais. Le sel, ça enraye les mauvais sorts. C'est pour ça que les sorciers en mettent toujours dans leurs charmes.

– De toute façon, les Goupil, ils ne mangent pas ce qu'ils vendent. Un jour que j'apportais ma pêche là-bas, j'ai vu qu'ils mettaient du poisson dans un tonneau à part, pour leur consommation, et avec du sel bien propre ; alors que pour vendre, ils utilisent du sel normand, gorgé d'eau, plein de saletés, et qui pue l'algue à plein nez.

– Et à part ça, ça fait les fiers !

Voyons voyons. Une famille Goupil, qui fait la fière et

dont le chef serait leveur de sorts ? Non, Garin n'en avait jamais entendu parler.

– Ils habitent la ville ? demanda-t-il.

Il aurait dû s'en douter : la méfiance colla tout de suite les langues aux palais. Il n'y eut guère qu'un geste involontaire, du bout de la grosse aiguille de bois, pour désigner quelque chose par-derrière.

Ah ! Ces gens habitaient donc sur la terre ferme, à l'opposé d'ici. Probablement dans le faubourg de l'Aire-l'Évesque.

– Je vois de qui il s'agit, mentit-il. Ils sont saleurs et ils vous achètent votre pêche.

Curieusement, ces renseignements véridiques (qu'ils

avaient donnés eux-mêmes) semblèrent les rassurer sur Garin.

– C'est aussi les plus gros presseurs de sardines, commenta l'un.

Allons bon. Les saleurs, Garin voyait bien de quoi il s'agissait, mais des *presseurs*… ?

– Pourquoi est-ce qu'ils pressent les sardines ? Pour qu'elles prennent moins de place ?

Les hommes éclatèrent de rire. Inutile de relever les « âne » « oie » « veau » et autres sympathiques bestioles auxquelles ils le comparèrent, Garin était comme le bigorneau : il savait manier l'opercule pour se boucher les oreilles quand ça l'arrangeait. Or, sa longue fréquentation du genre humain lui avait démontré qu'on a toujours envie de trouver plus ignorant que soi, et surtout que se fâcher compromet toute chance d'obtenir des renseignements.

– C'est pour faire le garum ! s'esclaffèrent-il enfin.

Ah. Le garum.

– Le garum, c'est pour garer les hommes ? plaisanta-t-il.

Nouveaux hurlements de rire.

Les pêcheurs se calmèrent peu à peu, et le plus vieux déclara finalement :

– Il nous fait marcher, celui-là. Il sait bien ce que c'est, puisqu'il travaille chez l'apothicaire, je l'ai vu dans la boutique.

Garum ? Chez l'apothicaire ? C'était donc un médicament ? En tout cas, nulle part il n'avait vu ce nom inscrit.

– Et en plus, finit le vieux, les Goupil, c'est famille à l'apothicaire.

Allons bon !

– Pourtant, inventa-t-il aussitôt, on m'avait dit que la famille de Colas Kerével était dans l'élevage…

Les pêcheurs le considérèrent avec un étonnement qui l'incita à conclure qu'il n'y avait aucun troupeau dans la famille et que Colas Kerével n'avait donc aucun intérêt à mettre cette maudite épidémie sur le dos du poisson.

Bon, il était temps d'aller se remettre au travail.

Il remontait vers l'entrepôt quand il aperçut de loin un grand paquet, que quelqu'un avait déposé à la porte. Une surprise pour lui ?

Crédiou ! Pour une surprise, c'était une surprise : le gardien en personne, blanc comme la cire, méconnaissable, tout recroquevillé sur le sol.

15
Sorciers

Garin n'avait aucune affection particulière pour le gardien, mais il était encore complètement retourné par ce qu'il venait de voir. Bien qu'on ait emmené l'homme le plus vite possible chez maître Colas, il était mort avant même d'y arriver.

Allons, il lui fallait se concentrer sur son travail…

Il respira profondément puis, lentement, inscrivit le nouveau titre : « BLÉ ». La liste des achats était simple – du grain et de la toile à sac, auxquels s'ajoutaient un peu d'arsenic et d'aconit (il savait pourquoi) –, celle des ventes encore plus : blé, rien d'autre.

La rubrique « POISSON » était plus complexe. Il y en avait beaucoup de variétés, et qui se présentaient sous plusieurs formes : frais, séché, salé, saur. Sans compter la liste du matériel qu'on achetait pour le traiter, le stocker, le transporter, elle aussi interminable.

A mesure qu'il copiait, Garin percevait la catastrophe que représentait pour une ville comme Conq ce problème de poisson. Si malédiction il y avait, celui qui l'avait lancée connaissait fort bien son affaire : du pêcheur au charretier, du tonnelier au bûcheron, du marchand de sel au saurisseur, toute la ville ou presque était touchée. « Saurissage ». Dans la liste qui suivait, il était curieusement question de commandes de sel.

… Pour des ateliers de saurissage ? Garin avait jusqu'ici cru que ces maudits harengs *saurs* qui lui donnaient des boutons étaient fumés !

« Le sel, ça enraye les mauvais sorts », avait dit un pêcheur.

Suivaient des achats de bois, sous forme de bûches, de sciure et de baguettes.

– Tout va bien ? demanda Pezron en entrant.

– Ah ! Vous tombez à pic ! Je ne suis pas sûr de comprendre ces listes. Écoutez…

Garin lut tout haut les achats qui le laissaient sceptique.

– C'est bien ça, assura Pezron en hochant la tête.

Et elle lui confirma qu'on ne fumait, dans les ateliers de saurissage, que du poisson déjà salé, et qu'on utilisait bien les bûches pour faire le feu. Mais non ! Pas les baguettes ! Les baguettes servaient à enfiler les poissons côte à côte avant de les suspendre au-dessus du feu. La sciure et les copeaux, on les jetait ensuite sur les flammes pour faire de la fumée.

– Ah ! Je commence à comprendre pourquoi Nicole m'a parlé de sel, alors qu'elle travaille à la sécherie.

– Qu'elle travaillait, rectifia Pezron.

– Elle est morte ? fit Garin suffoqué.

– Non, rassurez-vous, c'est seulement que, par les temps qui courent, personne n'a envie d'acheter du poisson, ni d'en saler, ni d'en sécher. Nous avons été obligés de renvoyer tout le monde. Maintenant Nicole loue ses services comme couseuse de linceuls, et son frère, qui travaillait ici de temps en temps, n'en a plus besoin pour gagner sa vie. Si ça continue, il va faire fortune.

– Le fabricant de huches ?

– Oui. Les huches, ça ne sert pas que pour le pain, ça sert aussi de cercueil.

Eh bien ! En voilà qui savaient retomber sur leurs pieds ! Songeur, Garin suivit des yeux la femme du blatier qui repartait.

Un cri ! Il venait d'entendre un cri. Pezron. Il lui était arrivé quelque chose !

Il bondit dehors. Pezron était là, livide mais toujours debout. Elle fixait avec effroi un corps à ses pieds. Le bonnetier ! Membres raides, visage révulsé.

– Mon Dieu mon Dieu, souffla-t-elle. Il faut... Vite, allez chercher quelqu'un, Garin !... Sa femme. Allez prévenir sa femme. Vous savez, la bonneterie, près de la grande porte.

L'esprit encore en ébullition, Garin traversa la ville en courant et ne ralentit qu'en arrivant à la porte de la boutique. Il y avait là un attroupement.

– Le bonnetier, souffla-t-il hors d'haleine, il est mort...

C'est alors qu'il s'aperçut que, sur le seuil de la bonneterie, était étendue une femme. Avec le même visage figé que le bonnetier.

– Là, dit l'apothicaire en désignant le *Livre des Simples Médecines*, j'ai trouvé une nouvelle recette pour soigner ma vue. Seulement je ne suis pas sûr de bien lire, et je ne voudrais pas me tromper.

– Donnez-moi ça, proposa Garin. Voilà : il est écrit qu'il faut mêler un peu de chélidoine avec du miel et du poivre blanc, et mélanger avec du vin.

– De la chélidoine, soupira Colas, c'est bien ce que je craignais. Je n'aime pas beaucoup utiliser des plantes aussi toxiques. De toute façon je n'en ai plus, et il me manque beaucoup d'autres choses.

– Ça ne m'étonne pas, commenta Garin. Vous avez eu aujourd'hui une drôle d'affluence.

– La mort, bougonna l'apothicaire. Ils ont peur de la mort.

– Pas vous ?

L'apothicaire haussa les épaules.

– Tu tiens à cette vie ? demanda-t-il.

– Eh ! Je n'en ai qu'une, je ne veux pas la gâcher. J'ai déjà trop souvent failli la perdre : vous n'imaginez pas tout ce qu'on rencontre sur les routes, de brigands, d'assassins, de loups, de rivières en crue, de cavaliers maladroits, de ravins sans fond, sans compter les fées et les korrigans, les loups-garous, les…

– Les épidémies, finit l'apothicaire.

Puis il observa Garin avec curiosité.

– Quel âge as-tu ? Treize ? Quinze ?

– Euh …

Si sa mère avait su le lui dire ! Hélas, tout ce qu'elle se rappelait, c'est que certains de ses vingt-cinq enfants étaient nés aux cerises, d'autres aux vendanges, d'autres un jour de tempête et d'autres aux grosses chaleurs, mais quant à dire lesquels, et de quelle année il s'agissait… Mystère complet.

– Je suis trop jeune pour mourir, répliqua-t-il, mais de toute façon je ne mange pas de poisson.

– C'est une sage précaution. Je n'y touche pas non plus.

– Et votre fille, elle en mangeait ?

Garin avait parlé avant même d'en avoir eu l'intention. L'apothicaire lui jeta un regard stupéfait.

– Malheureusement, répondit-il enfin d'un ton sourd, ma fille adorait le poisson. On t'a dit, n'est-ce pas, qu'elle est…

Garin hocha simplement la tête.

– Ce fut, poursuivit Colas, la première. La première enlevée par la maladie. La seconde fut ma servante. Alors j'ai voulu comprendre pourquoi elles étaient mortes, je me suis juré de trouver le coupable. Pourquoi elles et pas moi ? Nous faisions les mêmes choses, voyions les mêmes personnes, partagions les mêmes repas… à un détail près. C'est là que j'ai pensé au poisson.

Il ne dit rien de plus. Son visage s'était figé. Il semblait perdu dans ses pensées.

Garin songea alors que si l'apothicaire ne soupçonnait pas un geste criminel, c'est qu'il n'y en avait pas. Le vieux à la chèvre n'était qu'un fou.

– Je t'ai préparé un peu de potion pour la journée de demain, reprit Colas au bout d'un moment, car il faut que je parte de bonne heure. Bois-en à chaque fois que tu entends la cloche de la chapelle.

– Vous vous en allez ? Mais ça va provoquer une révolte !

– Si je reste également : je n'ai plus aucun remède. Je vais refaire mes provisions de plantes à l'abbaye. Depuis que ma vue a baissé, je ne peux plus cueillir moi-même. Je partirai aux aurores pour revenir très vite. Ma médication semble faire de l'effet, et beaucoup, je crois, seront sauvés.

– Les pêcheurs sont inquiets, fit remarquer Garin. Leurs gosses vont crever de faim.

– Pourquoi ? s'étonna Colas. Ils peuvent consommer les poissons qu'ils pêchent, il faut le leur dire. La maladie ne se trouve que dans le poisson salé, pas dans le frais.

– Le poisson salé ? Alors, seuls ceux qui en ont mangé peuvent risquer…

– Tout le monde en a mangé, coupa Colas. Nous avons eu trois tempêtes dans le mois, qui ont empêché les bateaux de sortir, et il n'y a donc pas eu de poisson frais.

– Attendez… La maladie ne ressortirait qu'au salage ?

L'apothicaire eut un geste d'ignorance.

– Ou alors elle serait dans les barils, s'emballa Garin. Ou dans le sel. Eh, maître Colas, est-ce que les réserves de poisson ne pourraient pas être simplement empoisonnées ?

– Elles pourraient.

– A l'arsenic ?

– Ou à l'orpiment, à la ciguë, à l'aconit, à la digitale… Toutefois, j'ai fait un petit recensement des morts, et il apparaît qu'ils ont consommé du poisson salé venant d'approvisionnements différents. Comment imaginer qu'on ait pu empoisonner tous les barils, chez tous les particuliers, chez tous les sauniers ?

– Sauf par sorcellerie.

Colas ne répondit pas.

– Certains, informa Garin, parlent de faire lever le sort par quelqu'un.

– Ils peuvent essayer si ça les amuse. Moi, je m'en tiens à ne pas consommer de poisson et à boire mes remèdes. Maladie ou empoisonnement, envoyé par Dieu ou par le diable, je suis en train de l'enrayer.

Il sortit quelques feuillets enroulés et les tendit à Garin qui les saisit d'une main distraite.

– Ils veulent demander l'intervention d'un leveur de sorts, insista-t-il. Un nommé Goupil. Vous le connaissez ?

– Évidemment, que je le connais, fit Colas d'un ton agacé, c'est mon oncle, le frère de ma mère, un sale sorcier.

– Il est vraiment sorcier ?

L'apothicaire eut une sorte de rire crispé qui ressemblait plutôt à un grincement.

– On peut dire qu'il fait le même métier que moi : il soigne avec des plantes. Mais lui, ses plantes, il les cueille à genoux face à l'orient et, dans ses remèdes, il met aussi des ongles, des poils, et il prononce dessus des incantations. On le voit en train de fabriquer des images de cire en marmonnant des paroles obscures. Qu'ils s'adressent à ce maudit, ça les regarde mais, à mon avis, ça risque plutôt de faire empirer les choses.

– Empirer ? Ce serait donc lui qui aurait jeté le sort ?

– Je voudrais bien le croire. Cependant, si malédiction il y a, cela m'étonnerait qu'elle vienne de lui. Il aurait trop à y perdre : toute sa famille vit du négoce du poisson.

– Qui d'autre aurait pu jeter le sort ? s'inquiéta Garin.

– Nous ne le saurons sans doute jamais et il ne sert à rien de le savoir, sauf à mettre ce sorcier en colère, ce qui peut être pire que tout.

L'apothicaire tapota du bout du doigt sur le rouleau de parchemin que Garin tenait en main.

– Regarde plutôt ceci.

Garin déroula. C'était un texte difficile à lire tant l'encre utilisée était mauvaise.

– Veux-tu recopier cela pour moi ? J'ai commandé au parcheminier de belles peaux, qu'il doit livrer demain. Je suis prêt à payer ce qu'il faut : cette journée m'a rapporté

plus d'argent que trois mois ordinaires, et je n'ai pas de grands besoins.

– Ce sont d'autres recettes pour soigner ? s'intéressa Garin.

– Ce sont les derniers feuillets du livre que tu lisais l'autre jour en cachette… Non non, ne proteste pas. D'ailleurs, moi-même j'ai été curieux autrefois, c'est pourquoi je sais tant de choses aujourd'hui.

– C'est le *Tacuinum Sanitatis* ? Celui que vous avez rapporté d'Antioche ?

Antioche ! C'est de là aussi qu'il avait ramené sa femme. Garin eut envie de lui en parler, mais il ne sut comment. D'ailleurs, l'apothicaire regardait maintenant dans le vague, avec une expression indéfinissable qui faisait peine à voir. Sans doute pensait-il aussi à sa femme.

Garin coinça le rouleau sous son bras, saisit une lampe à huile et monta se coucher. Depuis qu'on avait réparé sa fenêtre et obturé avec de vieux chiffons les trous à courants d'air, la soupente était devenue presque agréable à vivre.

Allongé sur la paillasse, il suivit des yeux les ombres dessinées sur le plafond par le vacillement de la flamme. Il songeait à Antioche, à Kerével, à son oncle le sorcier. Il essayait de faire le point. Si l'affaire du poisson était une maladie, il fallait s'en remettre à l'apothicaire ; si c'était une malédiction envoyée par Dieu, seule la prière serait efficace ; si un homme était intervenu là-dedans, on pouvait demander à un sorcier de lever le sort.

Pouvait-on imaginer que quelqu'un veuille décimer la ville ? Qui ? Pourquoi ?

A moins que le but recherché ne soit pas de décimer la ville, mais de profiter à quelqu'un. A qui ?

On pourrait aussi poser la question autrement : à qui est-ce que la malédiction pourrait nuire ? A ceux qui pêchent, préparent, transportent ou vendent le poisson. C'est-à-dire presque tout le monde. Qui perd le plus ? Les plus riches, comme Hervé Le Raz.

Hervé Le Raz ! Et si le sort avait été jeté par son frère ennemi ? « Ton tour viendra… » C'est bien cela qu'il avait écrit en forme de menace sur le billet que lui avait montré Pezron.

Eh ! Morvan accusait, à tort ou à raison, son frère d'avoir empoisonné son troupeau, alors il empoisonnait à son tour le gagne-pain de celui-ci. Ça se tenait.

Sambieu, il faudrait qu'il aille le voir, ce passeur. La langue lui démangeait de lui poser quelques questions. Oui, mais un sorcier…

Il faudrait se montrer prudent.

16
Le passeur

L'apothicaire était parti depuis longtemps lorsque Garin se leva. Il n'était pas pressé, puisqu'il ne pouvait pas quitter la boutique avant que le parcheminier ne soit passé.

A la vérité, remettre légèrement sa visite à Morvan ne lui était pas aussi pénible qu'il voulait se le donner à croire : on n'imagine pas ce que la curiosité peut parfois demander de courage.

Dès l'aube, il avait été réveillé par des affolés qui voulaient de toute urgence un remède pour les protéger. Dix fois, vingt fois, il avait dû se pencher à la fenêtre pour qu'on cesse d'assener aux pauvres volets des coups qui finiraient bientôt par les décrocher ou les casser en deux. Il avait bien pensé à y fixer un billet informant de l'absence de l'apothicaire… sauf que personne, ou presque, ne savait lire.

Tenter de dormir dans ces conditions relevait de l'exploit, si bien qu'il se leva finalement plus tôt qu'il ne se l'était promis.

Le bruit qu'on devrait attendre le lendemain pour les remèdes dut finir par se répandre, car il ne fut plus dérangé et put enfin ouvrir porte et fenêtre pour faire entrer la lumière. De toute façon, il ne restait rien de bon pour cette maladie sur les étagères, et les patients se rendraient bien compte que la seule solution était d'attendre le retour de l'homme de l'art.

Il s'étira bruyamment. Que faire avant l'arrivée du parcheminier ? Il se saisit du rouleau confié par Colas et l'étala en le retenant avec les bras pour contrarier la furieuse envie qu'il avait de se réenrouler aussitôt. C'était vivant, ces choses-là, ça voulait garder ses secrets.

– Hé hé, ricana Garin en posant un flacon d'onguent sur chaque coin, je t'aurai, tu me livreras ta science.

Maître Colas avait raison de vouloir recopier tout ça, car l'encre en était déjà à demi effacée. Il s'agissait d'articles concernant les vêtements.

Le premier, « Vêtements de laine », disait qu'ils produisaient de la chaleur. Leur inconvénient : ils pouvaient en dégager trop. Le remède était de les porter sur des vêtements de lin. Ils convenaient aux complexions froides.

Garin souleva la feuille pour évaluer la suivante. Celle-ci proposait l'escrime pour alléger les corps trop lourds, l'équitation pour nettoyer les canaux avec la sueur, la conversation pour la digestion et le chant pour guérir les maladies, avec l'inconvénient de ne plus pouvoir s'en passer en raison du plaisir qu'il donnait. Il comprenait pourquoi l'apothicaire ne faisait pas mystère de ces feuilles : elles ne contenaient aucune recette contre les maladies.

L'article du bas s'intitulait « Rougissement » : « mouvement de chaleur interne et externe. Utilité : dissimuler le sentiment de honte. Particulièrement bénéfique aux jeunes, en toute saison et toute région. »

Bénéfique ?… Pas pour la dignité !

Bon. Où était ce parcheminier ? C'est qu'il n'avait pas que ça à faire, lui : il s'était bien juré de parler au passeur aujourd'hui même !

Histoire de ne pas perdre son temps, Garin se glissa dans l'arrière-boutique. A force de curiosité et d'indiscrétions, il connaissait à peu près tout ce qu'il y avait ici, mis à part le contenu du petit pot d'albâtre, le plus haut perché. Il monta sur un tabouret.

Dans ce drôle de pot, pas de feuilles ou de baume comme ailleurs. Il y avait juste un morceau de bois… ou de corne. Eh ! Une corne de licorne* !

Il sursauta : on venait de frapper sur le montant de la fenêtre.

– C'est le parcheminier ! lança une voix forte.

Garin faillit en tomber de son tabouret. Il reposa rapidement le pot à sa place en criant :

– J'arrive !

Des cornes de licorne, il en avait rarement vu. C'était pour les riches. Certains en portaient une en permanence, pendue au cou, et la trempaient dans les breuvages qu'on leur présentait, pour détruire le poison s'il y en avait. Est-ce qu'une corne de licorne pouvait aussi servir pour le poisson ?

Il ouvrit la fenêtre en grand et reçut dans les mains un gros lot de feuilles bien coupées, bien grattées, bien soignées, découpées à la bonne taille.

– Voilà, commenta l'homme, je vous ai mis le plus beau que j'avais.

Et Garin ne pensa plus à la corne ni au poison. Découvrir un nouveau parchemin était toujours une joie, car

* La corne de licorne était en réalité une défense de narval.

travailler avec du bon matériel sur du bon matériau transformait vite un gagne-pain en plaisir. Finalement, il aimait sans doute son métier plus qu'il ne le croyait.

– Il paraît qu'il n'y a plus de remède, reprit le parcheminier tandis que Garin étudiait le grain de la peau, c'est pour ça que tout le monde est à l'église pour se procurer de l'eau bénite. Je vais y aller aussi. Les morts sont tellement brutales... On ne voudrait pas y passer en dormant, sans sacrements, et la meilleure façon de se protéger de ce genre de malheur, c'est d'asperger le lit d'eau bénite.

Oui, les hommes d'Église figuraient bel et bien au nombre de ceux qui s'enrichissent pendant les épidémies.

Le parcheminier reparti, Garin rangea sous la table sa mine de feuilles, compta les deniers qui lui restaient, et les glissa dans une encoche pratiquée sur le rebord de sa ceinture de cuir. Le prix du passage étant de deux deniers, sa curiosité d'aujourd'hui lui en coûterait quatre pour l'aller et le retour. Ce n'était pas trop cher payé. Il ferma la boutique et sortit.

Par chance, le bac se trouvait de ce côté et la mer était calme. Par malchance, le passeur faisait à cet instant monter deux personnes, un homme et une femme. Garin ne serait donc pas seul avec lui pour poser ses questions.

Le passeur ressemblait terriblement à son frère Hervé en modèle étiré : même visage émacié, même peau parcheminée, une tête de plus, et une lueur dure dans le regard. Garin ne savait pas grand-chose de Morvan, mais il était sûr qu'il valait mieux l'avoir pour ami que pour ennemi.

– Je vous ai déjà vu, fit le passeur en le reconnaissant. Vous quittez la ville ?

– Je vais juste faire un tour sur la terre ferme. On m'a dit qu'il y avait des ifs, pas loin de la rivière.

Le passeur lui jeta un regard scrutateur.

– Pourquoi est-ce que ça vous intéresse ?

– C'est que, inventa aussitôt Garin, je... (Il fit semblant d'être pris d'une envie d'éternuer, histoire de gagner du temps pour trouver une idée.) J'en ai besoin pour faire de l'encre.

– Ah ! vous mettez de l'if dans l'encre, vous ?

Ahi ! bien sûr, le passeur était le frère d'Hervé, il aurait dû se douter qu'il savait écrire ! Qu'à cela ne tienne...

– Une recette à moi, poursuivit-il, qui fait tenir l'encre plus longtemps sur la plume.

– Ah bon ? Comment vous vous y prenez ?

– C'est secret, fit Garin d'un air de conspirateur.

Le passeur n'insista pas. Il se contenta de conseiller :

– Il y a bien un bois d'ifs, en bordure de la rivière, mais n'allez pas de ce côté-là, c'est dangereux. Vous trouverez un if isolé, qui vous suffira sans doute, près de la première croix du chemin.

– Je vous ai aperçu chez l'apothicaire, fit remarquer une dame. Vous vous y connaissez en remèdes ? C'est que, par les temps qui courent... Qu'est-ce que vous en pensez, vous ? Est-ce que les médications de Colas viendront à bout de la malédiction ?

– Je fais juste les écritures, précisa prudemment Garin.

Sa prudence ne résistant jamais longtemps, il ajouta :

– Ce qu'il faudrait savoir, c'est qui a jeté la malédiction sur le poisson, et je crois que j'ai mon idée.

Un peu effrayé par ses propres paroles, il jeta un coup d'œil rapide au passeur. Malheureusement, impossible de connaître sa réaction, puisqu'il tournait le dos. De peur de s'être montré imprudent, Garin conclut vite :

– Ce sont sûrement les poissons eux-mêmes, pour qu'on ne les mange pas.

L'homme et la femme le considérèrent avec défiance, avant de se fendre d'une petite grimace qui n'imitait que vaguement le rire.

– Colas, affirma l'homme, il s'y connaît en remèdes, il a fait ses études chez les Sarrasins. Les Sarrasins, on a beau dire, c'est des infidèles, mais ils savent des choses...

– Le vieux Hilaire Goupil, nota la femme, il sait aussi. Et sans être allé chez les Sarrasins.

– Qu'il sache, ça vaudrait mieux pour lui, dit l'autre, parce que les Goupil, s'ils avaient besoin de l'apothicaire, pas sûr qu'il les soignerait.

– Sûr même qu'il ne les soignerait pas. Ils sont venus demander une médication, rapport à l'épidémie ?

La question s'adressait à Garin.

– Euh... je ne sais pas, je ne les connais pas.

– Je parierais que non, s'exclama le passeur, il leur faudrait du culot !

– Pourquoi ? s'intéressa Garin.

– Dame... ça date de loin. Quand Colas a épousé la Mauresque, sa famille l'a déshérité. De ce jour, il n'a plus eu le droit à rien. Alors la famille Goupil, il ne la porte pas dans son cœur. Colas ne les soignera pas, et peut-être qu'ils en crèveront. C'est de bonne guerre.

– Quelle idée aussi, d'épouser une sauvage de chez les Maures ?

– Colas, reprit alors la femme, il ne voulait de toute façon pas de cet héritage, c'est sorcier et compagnie. Il ne se sentait pas à l'aise parmi eux, et c'est pour ça qu'il est allé étudier au loin. Je le sais, je le connais bien. L'héritage, ça ne lui a fait ni chaud ni froid, et il a même été soulagé de ne rien avoir, pour ne pas hériter en même temps des pouvoirs de sorcellerie.

Garin regarda le passeur s'éloigner. Il n'avait rien à faire ici, juste attendre un peu pour reprendre la barque dans l'autre sens. Certes, il avait déjà appris quelques petites choses intéressantes, mais malheureusement rien sur Morvan. Plutôt que de perdre son temps, il allait mettre à profit sa présence ici pour…

Il se dirigea vers la rivière. La seule chose qui l'intéressait, évidemment, c'était le bois d'ifs, pour la simple raison que Morvan Le Raz lui avait déconseillé d'y aller. Est-ce que – comme l'avait prétendu Riwal – les vaches étaient venues jusqu'ici pour brouter ces maudits arbres ?

Le bois ne lui donna aucune explication. Il était sombre et immobile, et il en émanait une sorte de sourd grondement. D'une main hésitante, Garin cueillit quelques feuilles. Brrr… il ne pénétrerait pas là. D'abord, ça ne l'avancerait à rien, ensuite il détestait l'atmosphère qui y régnait. Une atmosphère de mort.

Sans même savoir pourquoi, il recula lentement.

C'est alors que le grondement s'amplifia et…

Crédiou ! le grondement ne venait pas de l'âme des morts qui serait enfermée dans les arbres, mais de… de chiens énormes, de chiens sauvages, qui fonçaient sur lui, gueule ouverte et crocs luisants !

Il se retourna d'un bond et se mit à courir droit devant. Ahi ! « Saint Garin, vous ne pouvez pas me faire ça ! »

Courir était une idée idiote, car les chiens couraient beaucoup plus vite que lui ! D'ailleurs il n'était même plus sûr d'avancer. Est-ce que ses jambes le portaient vraiment, est-ce que ces pieds fendaient bien la lande ? Son signe de protection, est-ce qu'il allait pouvoir le faire sans ralentir ? Il… il n'arrivait pas à toucher sa narine. Ses chausses s'accrochaient aux buissons, il titubait, il sentait le souffle des bêtes sur lui. « Saint Garin, tirez-moi de là ! Je vous jure que je ne fouille plus chez l'apothicaire, que je ne dis plus aucun mensonge pendant… pendant… Aaaah ! »

Une mâchoire venait d'attraper le bas de son surcot. Il s'étala dans un buisson d'ajoncs. Il était perdu. Alors il hurla :

– Ça suffit !

Son cri lui sonna aux oreilles. Il resta là, assis dans les piquants, le souffle court. Les chiens s'étaient immobilisés.

– Ça ne va pas, non ? Vous attaquez n'importe qui, comme ça ?

La fureur l'avait submergé, il ne se reconnaissait plus. Impressionnés, les chiens le fixaient avec des yeux attentifs.

– Allez-vous-en ! hurla-t-il en tendant le doigt vers le bois.

La meute ne fit pas demi-tour. Elle resta là, langue pendante, à le regarder. Ces bêtes ne comprenaient peut-être ni le breton ni le français, et Garin n'avait aucune idée du langage canin. Il se redressa lentement, tourna le dos et s'éloigna sans regarder derrière, sur ses jambes encore flageolantes.

Il s'arrêta à trois cents pas de là, ou plutôt ses jambes s'arrêtèrent toutes seules, se refusant à le mener plus loin, et il osa enfin jeter un coup d'œil derrière lui. Les chiens, sept chiens noirs, étaient en train de regagner au petit trot le bois d'ifs. Çà alors !

Garin se laissa tomber sur une grosse pierre. Il avait un grand soulagement dans la poitrine… et un grand trou dans les chausses. Que s'était-il passé au juste ? Il n'avait écouté que sa colère, pas sa peur. Il s'était toujours bien entendu avec les chiens, mais il ignorait qu'il avait du pouvoir sur eux.

– Çà alors ! répéta-t-il.

Était-ce bien un pouvoir ? N'y avait-il là aucune intervention magique, celle par exemple d'un sorcier qu'il n'aurait pas vu et qui contrôlait les bêtes à distance ?

Il regarda avec prudence autour de lui.

A vrai dire, il avait l'impression d'avoir seulement agi comme il fallait, d'avoir lu dans la pensée des chiens. Il avait l'impression que ces bêtes étaient des frères, qu'il savait leur parler. Comme son amie Jordane, qui comprenait le langage des loups.

Il se rappela soudain qu'il n'avait pas fini sa prière à saint Garin. Or il avait commencé une promesse, et elle ne pouvait pas rester dans le vague, sinon ça risquait de lui porter malheur. « Je voulais dire : je jure de ne plus fouiller chez l'apothicaire, et de ne plus dire de mensonge pendant… tout le temps que je serai de ce côté du passage. »

L'embarcadère était désert. Pas de passeur, et personne n'attendait. Garin grimpa sur un rocher et, se haussant sur la pointe des pieds, fit de grands signes vers la barque qui se tenait de l'autre côté. Son cœur battait encore un peu trop fort. Est-ce que « Émotions » se trouvait dans le livre de l'apothicaire ? « Colère » y était bien !

Bah ! Il pourrait écrire l'article lui-même. Il dirait : « palpitations du cœur qui vous coupent les jambes. Utilité : laisser des souvenirs quand on en réchappe. Moyen de l'éviter : ne jamais sortir de chez soi. »

Il lui sembla qu'enfin Morvan l'avait aperçu et que le petit bateau se détachait du rivage. Comme il était seul à attendre de ce côté, il pourrait parler à Le Raz et peut-être sa dure journée serait-elle enfin récompensée. C'est qu'il payait déjà un lourd tribut à sa curiosité, qui lui coûtait, en plus des quatre deniers prévus, une paire de chausses et une belle frayeur.

– Que vous est-il arrivé ? s'étonna le passeur.

– Oh ! rien ! des chiens !

– Vous êtes donc allé dans le bois d'ifs ?

Le regard de Garin le renseigna sûrement, car il reprit aussitôt :

– Ce sont mes chiens, mais vous ne pouvez pas vous retourner contre moi pour me faire payer les dégâts, parce que je vous avais prévenu, et j'ai des témoins !

– Je ne vous reproche rien, fit Garin conciliant. L'if près de la croix ne m'avait pas paru de très bonne qualité pour l'encre, j'ai voulu voir les autres.

– Vous avez eu de la chance de vous en être sorti

vivant, ces chiens sont de vrais fauves, et personne ne se risque de ce côté.

– Je ne crains pas les chiens. Ceux-là m'ont un peu accroché, mais guère impressionné. Je leur ai fait la morale, et ils se sont excusés. Ils étaient désolés d'avoir abîmé mes vêtements, se sont proposé à les recoudre ; malheureusement je n'avais pas le temps de rester.

Le passeur le fixa d'un air interdit.

– Les chiens, reprit-il enfin, sont dressés à empêcher le bétail d'aller de ce côté. Alors ils empêchent. Vous ou les moutons, c'est pareil.

Ben voyons !...

– C'est vrai, glissa aussitôt Garin, à cause de ces ifs vous avez perdu tout un troupeau.

Ahi ! Le passeur s'était arrêté net de godiller et fronçait les sourcils en fixant Garin avec méchanceté.

– Qui vous a dit cela ? s'emporta-t-il. C'est ce maudit Hervé ? Bien sûr, qu'il voudrait faire courir ce bruit ! Mais c'est lui qui a empoisonné mon bétail. Maudit rapace ! Je le tuerai. Maudit ! C'est lui !

– Et pour vous venger de lui, osa Garin avec un culot inconsidéré, vous avez jeté une malédiction sur le poisson.

Il eut à peine le temps de s'en mordre ses lèvres que l'autre l'avait attrapé par son surcot déjà en piteux état et soulevé en l'air. Un énorme fracas lui emplit les oreilles. L'eau ! Il était tombé dans l'eau !

Ahi ! Il ne savait pas nager, il ne sav... Il but un bol d'eau salée infecte. Au sec... non, il ne pouvait même pas crier. Son cœur s'affolait. Au secou... Il allait mourir bêtement. Il agita les jambes, les bras... Eh ! ses pieds touchaient le sol !

C'est encore suffoqué et un peu ahuri qu'il arriva à la grève, où il put enfin s'affaler pour reprendre sa respiration.

Une chance que la mer soit basse. Morvan était cent fois pire que ses chiens, cent fois pire !

Il releva péniblement la tête.

– Garin, pauvre fou, grommela-t-il enfin, quelle idée de prendre un bain tout habillé !

« Mieux vaut glisser du pied que de la langue. » Il aurait dû y penser plus tôt. Ça lui aurait évité de boire un plein tonneau d'eau de mer et d'être trempé des pieds à la tête.

– Le sel conserve… ronchonna-t-il.

C'est alors qu'il remarqua l'intérêt que lui portaient les deux soldats anglais qui l'observaient du haut des remparts.

Il se mit aussitôt à sauter, à gambader, et c'est à toutes jambes qu'il franchit la porte du Passage. Eh bien quoi ? Il venait de prendre un bain bien revigorant, voilà tout !

Revigorant, oui ! Le *Tacuinum Sanitatis* disait-il quelque chose au sujet des vêtements mouillés ?

Crédiou, si ce maudit passeur croyait arranger ses affaires en noyant ses accusateurs ! Foi de Garin, il ne l'emporterait pas en paradis !

17
Atchoum !

Son bon surcot !… Pas neuf, il ne fallait rien exagérer, mais pas trop usé quand même, et dans lequel il lui faudrait passer l'hiver. Quant aux chausses… il n'en avait pas d'autres. Il rentra chercher sa cape, s'enveloppa frileusement dedans et se mit à la recherche d'un fripier-raccommodeur.

Il en trouva un dans la petite rue, moins cossue que la grande et qui proposait des prix plus en rapport avec ses moyens.

Le fripier, un petit homme tordu et bossu, fouilla dans ses chiffons pour lui trouver une nouvelle paire de chausses pas trop usées, et proposa même de raccommoder les anciennes. Elles étaient pourtant en si piteux état qu'on aurait pu les revendre à une scolopendre, qui aurait trouvé là assez de trous pour glisser ses mille pattes.

En attendant la réparation, jambes nues et braies trempées, Garin ôta son surcot et sa chemise pour les sécher auprès du feu. La petite échoppe était encombrée jusqu'au plafond de chiffons variés dont le fripier extrayait au fil de son inspiration une bribe de jaune, un soupçon de vert. Il n'avait pas son pareil pour dénicher un tissu plein de trous, qu'il rebaptisait illico « trou plein de tissu », et il récupérait le tissu au milieu des trous pour boucher les trous au milieu du tissu.

Par la porte ouverte venait un petit vent froid qui vous gelait. Impossible hélas de fermer, sous peine de ne plus y voir clair.

Tiens ! Le marchand d'hypocras venait de passer. Cela faisait un moment qu'il n'y avait pas pensé, à celui-là. Or, la famille Dauzon avait fort à gagner dans une malédiction sur le poisson. D'ailleurs, ce Riwal, toujours à rire et à plaisanter, ne semblait guère redouter la maladie.

– Riwal Dauzon a l'air très en forme, lança-t-il traîtreusement. Il a beaucoup de courage, avec le malheur qui lui est arrivé…

– Quel malheur ?

– Il a perdu sa fiancée voilà peu.

– Ah ! La fille Kerével ! Je ne crois pas que ça l'ait beaucoup chagriné. Ça l'aurait plutôt soulagé. Elle était très riche, et belle aussi, mais épouser une demi-Mauresque, ça ne le tentait pas. Enfin, les pères ayant arrangé le mariage, il n'y avait rien à dire.

– C'était déjà engagé ?

– Officiel, pour la fin de ce mois. On l'avait annoncé à l'église. Dieu en a décidé autrement.

Dieu ?

– Le père était favorable au mariage ? insista Garin en songeant que ce n'était pas ainsi que Riwal avait présenté la situation.

– Daniel Dauzon est favorable à tout ce qui peut lui rapporter de l'argent. D'ailleurs, le bruit court…

Le vieil homme se tut d'un coup, comme s'il regrettait d'avoir parlé.

– Qu'il pourrait trouver son compte dans la maladie du poisson ? proposa Garin.

– C'est humain. Quant à prétendre qu'il a pu lui-même faire jeter cette malédiction…

– Oui, il faudrait d'abord qu'il connaisse un sorcier.

– Ça, chuchota le raccommodeur, il en a un dans sa famille. Un drôle de gars. Un mauvais, celui-là. Quand je le croise, moi, je fais trois signes de croix en vitesse.

– Ici ? à Conq ?

– Oui. Il se dit même médecin. … Mais je suis en train de vous raconter des sottises. C'est juste un fou qui prétend avoir des pouvoirs, comme d'attirer l'orage, par exemple.

Le vieux à la chèvre ! Il était de la famille Dauzon ?

Crédiou ! Voilà que tout basculait. Riwal avait donc intérêt à voir disparaître la fille de l'apothicaire, et il avait un sorcier dans sa famille !

… Le patriarche de la famille Goupil, le vieux à la chèvre, mais combien y avait-il donc de sorciers dans cette maudite ville ? Lequel avait pu jeter le sort ?

Le fripier tendit à Garin ses vieilles chausses grises, agrémentées maintenant de bleu, de vert, de marron, et même d'un petit morceau de rouge très chic, juste au milieu de la cuisse droite. C'était original. En tout cas, il ne pourrait pas les confondre avec celles d'un autre, et personne ne les lui volerait.

En sortant de la boutique du fripier, Garin fit un bref bilan de cette délicate journée. Il avait gagné des renseignements troublants et une belle trouille, dépensé quinze deniers pour des chausses un peu usagées, cinq pour la réparation des anciennes, cinq autres pour celle du surcot, quatre pour un passage mouvementé sur la terre ferme. Financièrement parlant, c'était une journée en creux. Autant que son estomac, qui lui réclama deux deniers de pain et quatre de fromage. De découragement, Garin faillit aller boire l'eau du puits, gratuite, et ne se ravisa qu'au dernier moment. Il n'allait quand même pas risquer ses tripes avec l'eau d'un puits… d'une ville infectée… par une maladie inconnue… qui peut-être venait du poisson… qui, comme chacun sait, vit dans l'eau.

Il décida finalement de passer chez la laitière, qui lui fournirait du petit-lait à pas trop cher. C'est là qu'il apprit qu'il y avait eu de nouveaux morts, à l'Aire-l'Évesque. Non, ce n'était pas dans la famille Goupil.

Songeur et un peu mal à l'aise, il regagna l'officine.

Comme il le craignait, des mains de plus en plus affolées, attirées là comme les insectes à une lanterne, frappaient aux volets fermés. Il expliqua que cela ne servait à rien, que maître Colas ne serait pas là avant le soir.

Le calme revenu, il rouvrit le volet, s'assit à sa place et sortit de dessous le comptoir les nouvelles feuilles de parchemin.

Ainsi, Riwal ne voulait pas épouser…

– Pourquoi est-ce que la porte est fermée ? cria une voix, dehors.

– Revenez demain ! lança une nouvelle fois Garin excédé.

Des coups plurent sur la porte :

– L'apothicaire ! Je veux l'apothicaire !

– Vous avez bien tort de crier et de frapper, avertit

Garin très calmement en se penchant à la fenêtre. Le bruit court que c'est en s'agitant qu'on attrape la maladie. Le seul moyen de s'en prémunir est de rester silencieux et immobile.

Le silence se fit aussitôt. On allait enfin pouvoir travailler.

Garin copia avec le plus grand soin l'article « Vent d'est ». Voilà un mot qu'il n'avait pas écrit sur les bocaux. L'apothicaire n'en avait-il pas ? Étonnant, pour un produit aussi banal !… Il serait bien agréable aussi de trouver des bocaux de « musique et danse », de « vêtements de soie »…

Est-ce que ces articles ne figuraient pas déjà dans le *Tacuinum* ? Garin eut vite fait de se persuader qu'il fallait vérifier. Il se glissa dans l'arrière-boutique, se saisit du livre et l'ouvrit au hasard… A la page des poissons. Était-ce un signe ?

« Poisson salé : donne l'urticaire et la gale. » Urticaire ! Sa maladie à lui était là-dedans ! « Remède : vin rouge bouilli. » Bof… pas assez compliqué pour être efficace. Il referma le livre et le reposa sur le pot ventru qui lui servait de support.

Au fait, qu'y avait-il dans ce pot ?

… Un petit fond de feuilles sèches. Odeur inconnue. Garin fit tourner le pot sur lui-même pour chercher une éventuelle inscription. Il était marqué « PRIMEVÈRE ».

Ahi ! Primevère ! Il s'étudia un instant. Pas d'éternuements. Une chance qu'il n'ait pas trop approché son nez.

A quoi servait donc la primevère, pour qu'il y en ait deux pots : un dans la boutique – qu'il avait repeint de ses propres mains – et un derrière ?

Le *Tacuinum* ne la connaissait pas mais le *Livre des Simples* la conseillait contre les fractures.

La cloche de la chapelle carillonnant l'heure de vêpres, Garin remit le tout en place, but une gorgée de la préparation que lui avait laissée l'apothicaire, et retourna à son travail.

Vers le soir, un homme mourut, un mercier, grand bourgeois. Et ses deux fils, à ce qu'on disait, étaient très mal.

Bien avant que la charrette ne se présente devant la maison, c'est une vague tumultueuse d'appels et de cris, qui apprit à Garin le retour de l'apothicaire. Le soleil s'était couché depuis un moment mais une armée de torches éclairait la nuit.

– Il m'en faut pour huit personnes ! criait-on.

– Moi trois !

L'apothicaire descendit péniblement de la carriole et lança à la cantonade :

– Laissez-moi le temps de décharger !

La boutique était claire comme en plein jour, tant on avait disposé de chandelles pour servir à cette heure inhabituelle, et Garin eut des raisons d'être fier de son travail : sur les étagères, il était maintenant facile de repérer les pots.

Une fois la porte refermée sur le dernier client, on s'était fort bien organisé : Garin montait sur l'escabeau, attrapait un pot, lisait l'inscription à voix haute, l'ouvrait et le passait à l'apothicaire qui le remplissait et le lui rendait. Ne restait plus qu'à le refermer et à le remettre en place.

La première rangée allait de « ACHE » à « FENUGREC », la deuxième jusqu'à « ORGE », la troisième rangée commençait à At... choum ! Crédiou ! Atchoum ! La troi-

sième rangée commençait à « PRIMEVÈRE ». Cette primevère était-elle plus fraîche, ou au contraire plus sèche que l'autre, celle de l'arrière-boutique ?... Atchoum !

– Saleté ! s'exclama-t-il. C'est mon enn... Atchoum ! mon ennemie jurée !

Ses yeux se mirent à piquer atrocement et il dut les essuyer dans ses manches de chemise, ce qui était fort mal pratique avec les pots dans les bras. Sans compter qu'il risquait d'en lâcher un à tout moment.

– Chacun sa croix, soupira l'apothicaire, on n'est pas sur terre pour être heureux. Nous ferions aussi bien d'arrêter pour ce soir. Je vais aller remiser la charrette à sa place.

Les éternuements se calmèrent et les yeux cessèrent aussitôt de brûler.

« On n'est pas sur terre pour être heureux », avait dit Colas. Son père aussi prétendait cela.

Se rappeler son père ne lui valait rien : ça lui brûlait aussitôt les épaules à l'endroit où Dieudonné Troussebœuf avait l'habitude de frapper avec sa ceinture de cuir pour chasser ses enfants de la maison. Allons ! Il ne fallait pas songer à ça !

A quoi pensait-il précédemment ? A ces maudites primevères, qui tantôt l'attaquaient en douce, tantôt ne le regardaient même pas. C'était tout de même une étrange affaire, ça ! Et s'il profitait de l'absence de Colas pour vérifier ?

Il se glissa dans l'arrière-boutique et ouvrit la réserve de primevère... Rien. Et d'ailleurs ça ne sentait pas la primevère. Que contenait ce pot ?

Garin écouta un instant. On n'entendait pas un bruit... Depuis combien de temps Colas était-il parti ?

Il repassa dans l'officine, se précipita vers l'escabeau, le cala sous l'étagère et y grimpa. Un à un, il souleva les couvercles des pots et sentit. Il lui fallait retrouver l'odeur de l'autre.

Rien n'était flagrant, il n'avait pas l'odorat aussi fin que le maître apothicaire. Il songea soudain que le grand pot ventru était le seul à n'avoir pas été rechargé aujourd'hui. Aucune plante venue par la charrette n'était pour lui.

Il bondit de nouveau derrière pour le sentir une nouvelle fois. C'est à ce moment que la porte donnant sur le jardin s'ouvrit sur Colas Kerével.

L'apothicaire demeura un moment interdit, puis ses yeux se firent d'une effroyable dureté.

– Je… tenta courageusement Garin en rougissant malgré lui, je crois que vous vous êtes trompé dans ce pot de primevère, et…

L'apothicaire eut un mouvement de crispation des mains, comme s'il mimait son envie d'étrangler le scribe, avant de se calmer et de prononcer d'un ton de froide colère :

– Tu n'es rien, tu ne sais rien, et tu n'as pas à tenter de percer mes secrets. Je connais ces pots par cœur et je sais ce qu'ils contiennent, je n'ai nul besoin de surveillance et de leçon ! Monte immédiatement et fais ta besace. Tu quitteras les lieux demain à la première heure.

18
Tête penchée

Sambieu ! Il voulait juste rendre service, protéger l'apothicaire contre une erreur de médication. La curiosité ? Quoi, la curiosité ? D'ailleurs, Colas Kerével en personne l'avait dit : on n'apprend rien sans curiosité.

Oh ! Et puis après tout tant pis ! Il trouverait bien à gagner de l'argent ailleurs, avec moins de risques pour sa santé. Oui, il était bien content de s'en aller.

Il s'assit d'un bond. Il y avait des puces, dans ce lit ! Il sauta de la paillasse et se gratta le mollet. S'il avait eu quelques feuilles d'aune, il en aurait bien éparpillé dans la chambre : les puces s'y réfugiaient et laissaient les gens en paix. Oui… Il ne fallait pas songer à descendre en chercher. Cette fois, s'il le trouvait à fouiller dans les pots, l'apothicaire l'étranglerait.

Finalement, ce qui le peinait le plus, c'est de devoir laisser tomber la copie du manuscrit, dans lequel il apprenait beaucoup de choses intéressantes.

Il ne fallait plus y penser. Il valait mieux… Tiens, réfléchir à une autre manière de dissuader ces maudites puces de s'attaquer à lui. On pouvait enduire de glu des tranches de pain et piquer au centre une chandelle. Pour la chandelle, il en avait une. Pour les tranches de pain, elles dormaient depuis un moment déjà au fond de son estomac. Quant à la glu, où en trouver à une heure pareille ? Si tout s'était passé autrement ce soir, il aurait pu se permettre d'aller en demander à Colas.

A la seule pensée de la scène du soir, il sentit la rougeur l'envahir. Lui, Garin, se faire prendre bêtement en flagrant délit ! « Rougissement : mouvement de chaleur interne et externe. Utilité : dissimuler le sentiment de honte », c'est ce que disait le livre. Tout ça, c'était des bêtises ! Rougir ne dissimulait rien du tout, au contraire.

Bah ! Il n'aurait plus à recopier ces inepties, tant mieux. Il allait partir demain. D'ailleurs, pour ce soir, il avait mieux à penser. Il devrait peut-être s'envelopper dans son manteau pour se coucher par terre.

Non : ces rusées de puces logeaient souvent dans les planches, et se montreraient encore plus mauvaises s'il osait envahir leur domaine. Ça, c'était comme l'apothicaire... Bon, il ne fallait plus y penser. C'était sa dernière nuit ici. Il ne verrait plus ni les puces, ni cet apothicaire de malheur.

Eh ! Colas Kerével ! En voilà un qui avait des raisons d'en vouloir à la ville entière, à cause de sa femme ! Il aurait empoisonné lui-même les barils de poissons ? Il avait assez de produits dangereux dans son officine pour ça.

Un seul problème, mais de taille : comment s'y prendre pour empoisonner tout le poisson, dans toutes les réserves ?

Et puis, venger sa femme au bout d'un temps aussi long... Sans compter qu'il n'aurait pas embauché un fouineur dans son genre s'il avait de mauvaises intentions.

... Sauf qu'il venait de le mettre à la porte.

Le brouhaha dans l'officine le réveilla. Il faisait grand jour, et le soleil éclairait déjà la maison du marchand d'hypocras. Colas Kerével ne l'avait donc pas réveillé pour le jeter sur les routes ?

Garin s'habilla rapidement et rassembla dans son sac ses maigres affaires : deux chemises, sa nouvelle paire de chausses, un chaperon, une cotte rapiécée, sa cape. Il accrocha sa besace dans son dos et remit son écritoire sur son épaule. Le plus rageant était que, en partant, il ne saurait rien de la suite des événements.

Pour la dernière fois, il descendit l'étroit escalier. La boutique était comble. Il y avait là ceux qui avaient fait de mauvais rêves, ceux qui avaient ressenti des dérangements, des nausées, ceux à qui le noir donnait d'affreux pressentiments. On parlait d'un mort, aux aurores, près de l'église Sainte-Croix.

– Ah ! lança l'apothicaire, te voilà enfin ! Tes travaux d'écriture ne vont pas avancer bien vite !

Garin en demeura pantois. Avait-il bien compris ? On ne le renvoyait plus ? Et le ton de maître Colas, qui était presque aimable…

– Je regrette bien, reprit l'apothicaire, de ne pas avoir commencé à t'enseigner l'herboristerie, tu aurais pu m'aider aujourd'hui.

Qu'est-ce qui avait bien pu le faire changer d'avis ? Bon, ce n'était pas une raison pour rester. Il avait sa fierté, lui. On ne pouvait pas impunément le huer pour qu'il s'en aille, le siffler pour qu'il revienne !

Évidemment… si sa fierté lui ordonnait de partir, sa curiosité lui conseillait le contraire. Après tout, était-il juste d'en vouloir à Colas Kerével ? Il fallait reconnaître qu'objectivement lui, Garin, était en tort.

Ce raisonnement honnête le décida finalement à rester. Sans compter que, s'il partait, tout le monde croirait qu'il fuyait le danger. Or, il n'avait peur de rien. Enfin…

– Je vais d'abord m'acheter quelque chose à manger, déclara-t-il en déposant besace et écritoire derrière le comptoir.

Ce n'est qu'en fin de matinée que le calme revint dans l'officine. Sans faire le moindre commentaire sur son revirement, Colas Kerével sortit alors en annonçant qu'il serait de retour dans un petit moment.

– Si quelqu'un se présente, ajouta-t-il, dis de revenir après midi. Si tu dois toi-même t'absenter, ferme bien la porte. Je me méfie : la peur de mourir peut faire commettre les pires folies.

Il descendit les trois marches, se retourna et finit :

– Et continue bien à prendre ta potion !

Garin en était à la copie de l'article « Chambre d'été » lorsque se présenta à la porte un homme qu'il n'avait jamais vu. Il ne venait pas chercher de remède, il voulait parler à Colas Kerével. Il portait des bottes éculées et pleines de poussière, un manteau gris et un grand chapeau. Un sac de toile pendait à son épaule.

Il sembla très ennuyé de ne pas trouver là l'apothicaire, car il avait quelque chose à lui donner.

– Je peux lui transmettre un message, proposa Garin dévoré de curiosité.

L'homme fit un signe négatif, hésita un instant, puis tourna les talons. Tandis qu'il s'éloignait dans la rue, Garin remarqua qu'il gardait en permanence la tête penchée.

Cette silhouette lui rappelait quelque chose. Quoi ?

Un moment, il la suivit des yeux. Crédiou ! L'homme de la nuit ! L'homme qui n'était pas venu, n'avait pas frappé, n'avait pas parlé à l'apothicaire, n'était pas reparti au milieu des bourrasques.

Sans réfléchir, Garin reposa sa plume et se lança sur ses traces sans même tirer la porte derrière lui.

– Attendez ! cria-t-il dès qu'il fut à portée de voix. Je… Je ne savais pas qui vous étiez. Colas Kerével m'a bien recommandé de prendre ce que vous deviez lui laisser.

L'homme eut l'air embarrassé.

– Je suis son apprenti, chuchota alors Garin histoire de donner l'impression qu'il s'agissait d'un secret et qu'il lui faisait beaucoup d'honneur en le mettant ainsi dans la confidence.

– Colas Kerével ne m'avait pas dit qu'il avait un apprenti.

– C'est que je ne suis arrivé que la veille de votre premier passage, vous savez, la nuit de si grande tempête.

– Colas m'a précisé de ne lui remettre la livraison qu'en mains propres, s'entêta l'homme.

– C'est que je n'étais pas encore installé ici. La nuit où vous êtes venu, Colas m'a réveillé pour me parler de cette affaire. Je connais Kerével de longue date : je suis le fils d'un de ses amis.

– Un apothicaire ?

Garin balança un court instant. L'irrésistible envie lui prenait de s'imaginer un père orfèvre du roi. Bon, il utiliserait ça un autre jour : pour l'heure…

– Le plus réputé des médecins ! Connaissez-vous bien Antioche ?

Comme il l'espérait, l'autre ouvrit de grands yeux. On pouvait, sans risque, laisser courir son imagination.

– C'est là que mon père et Colas Kerével se sont rencontrés. Au port…

Y avait-il un port à Antioche ?

– … Ils étaient en train de monter sur le même bateau, chacun avec d'énormes sacs de plantes et de poudre de momie. De l'égyptienne et de la babylonienne. Ils se sont reconnus comme deux hommes de l'art grâce à l'odeur de ces sacs.

Il se serait bien lancé dans un récit de naufrage, mais il était pressé d'arriver à ses fins.

– Quand, après des mois de mer, ils ont débarqués à… Morlaix, ils se sont rendus ensemble droit au château de Tonquédec. Vous le connaissez, n'est-ce pas ?

– Oui, répondit l'homme d'un ton qui signifiait quc non.

– Le seigneur se mourait et, en apprenant que mon père venait de débarquer, il l'avait fait appeler en urgence. C'est là que mon père a appris à Colas Kerével le secret qui a sauvé le seigneur, et justement, ce secret utilisait ce que vous portez dans votre sac… Vous comprenez mieux qu'il m'ait bien précisé de ne pas rater cette livraison, dont il a un besoin urgent.

– Ça, je sais qu'il en a un besoin urgent, dit l'homme, et je me doute pour quoi. Le seigneur de Tonq… enfin, ce que vous avez dit, là, il avait le même mal que… ?

– Je ne peux rien dévoiler, protesta Garin. Secret professionnel.

L'homme parut confus. Parfait : maintenant les rôles s'étaient inversés et l'autre se trouvait dans la situation du demandeur. Tout serait plus facile.

Tête penchée lança un coup d'œil à gauche et à droite pour s'assurer que personne ne pouvait les entendre, avant de poursuivre :

– La livraison, c'est rapport à la malédiction sur le poisson ?

– Hum, fit Garin en baissant tellement le ton qu'il finit par chuchoter, je suis un peu inquiet de savoir que vous êtes au courant. Normalement, c'est confidentiel.

– Rassurez-vous, je ne dirai rien, assura l'homme, la main sur le cœur.

– Surtout, fit remarquer Garin, si les choses que vous croyez ne sont pas la vérité. Que croyez-vous au juste ?

– Je ne suis pas si bête. La malédiction agit comme une sorte de poison… Je suis dans le vrai ?

– Hum hum.

– Alors, quand on mange du poisson, c'est comme si on mangeait du poison, et il n'y a pas que le nom qui ressemble.

– Vous êtes sur le bon chemin, encouragea Garin un peu vexé tout de même que l'homme ait eu la même idée que lui.

– Alors, comment lutte-t-on contre le poiSSon ? Par le poiSon. C'est pourquoi l'if.

« C'est pourquoi l'if. » Que voulait-il dire ? Que la livraison était de l'if ?

– Alors ? interrogea l'homme pressé de savoir s'il avait raison.

– Je vois que vous avez compris, souffla Garin. Je peux ajouter que donner un remède délicat comme celui-ci exige toutes sortes de précautions. Il faut le mélanger en prononçant des paroles sacrées, ajouter de l'antidote et doser avec une balance sur laquelle les poids sont remplacés par des grains de chapelet, et autre chose que je n'ai pas le droit de vous révéler.

L'homme ouvrit des yeux ronds. Fier et heureux qu'on lui ait fait une telle confiance en lui détaillant la manière de procéder, il tendit enfin le sac à Garin et demanda son paiement.

Pas économique, sa curiosité : elle lui avait cette fois coûté douze deniers. Restait à espérer que l'apothicaire ne serait pas trop fâché qu'il ait réceptionné le colis, et les lui rembourserait. Parce que, bien qu'il n'ait pas les mains sales, on ne pouvait pas vraiment appeler cette transaction « remettre en mains propres ».

Il sentit les plantes à travers le sac. Même odeur que celle du pot de primevère qui ne provoquait pas d'éternuements. L'homme à la tête penchée avait raison : cela pouvait entrer, à très faible dose, dans l'anti-malédiction concoctée par l'apothicaire.

Au moment où il posait le pied sur la première marche de l'officine, Garin entendit un cri à l'intérieur et demeura suffoqué. Nicole était là, et l'apothicaire lui tenait le poignet, dans un geste totalement dénué d'affection.

– Qu'est-ce que tu as dans la main ?

– Je… Vous n'étiez pas là, et je n'avais plus de remède. Je suis venue en prendre.

– Prendre quoi, pauvre folle ? Tu vas te soigner à n'importe quoi ?

Tétanisée par la peur, Nicole lâcha les feuilles qu'elle tenait.

– De la belladone ! s'emporta Colas. Tu sais qu'on peut s'empoisonner avec ça ?

– Je… je n'en aurais… pas pris beaucoup. Pardonnez-moi, maître Kerével, je ne le ferai plus.

L'apothicaire haussa les épaules avec exaspération et soupira comme pour lui-même :

– Justice, sagesse, force, modération, sont les quatre pieds du cheval.

– J'ai eu un mauvais pressentiment, pleurnicha Nicole, il me faut du remède. Je vous en prie, donnez-m'en un peu.

– Reviens ce soir, je vais en préparer.

Garin n'arrivait pas à accorder d'attention à cette scène. Elle ne présentait pour lui qu'un intérêt : lui donner le temps de réfléchir à sa défense. Parce que des arguments de défense, il en aurait bien besoin. D'ailleurs, l'apothicaire venait de mettre Nicole à la porte et le considérait maintenant avec des yeux sévères.

– Je ne suis sorti qu'un court instant, protesta-t-il aussitôt, et seulement parce qu'un homme m'a appelé dehors, et que ça avait l'air important. En plus c'était pour vous. Uniquement pour vous ! Il voulait me remettre ça. (Il désigna le sac.) Ça m'embêtait, parce que vous n'étiez pas là, et que cet individu voulait absolument que je lui donne douze deniers. J'ai hésité, évidemment. C'est que j'y tiens, moi, à mes douze deniers ! Et qu'est-ce qui me disait que c'était bien une commande pour vous ? J'espère qu'il n'y a pas tromperie, hein, et que vous attendiez bien ce paquet de thym !

Les paupières plissées, l'apothicaire scrutait Garin avec une expression qui le mettait mal à l'aise. Pourvu qu'il ne l'ait pas vu sentir le sac ! Le thym, même pour un odorat très moyen comme le sien, était caractéristique et, dans ce cas, son mensonge serait pire que tout. « Ne mens jamais à celui qui connaît la vérité », vieux proverbe tartare traduit en latin par saint Garin.

– C'est bon, lâcha l'apothicaire du ton qu'il aurait pris pour dire « qu'on le pende ». Voilà tes douze deniers.

Il arracha le sac des mains de Garin, passa dans l'arrière-boutique et ferma la porte.

Le soir tombait. Le scribe était sorti acheter un bol de soupe à un marchand ambulant. L'apothicaire alluma la chandelle et monta l'escalier.

La chambre au lit blanc était silencieuse. Colas Kerével posa sa chandelle sur le coffre et s'agenouilla.

– Ma petite fille, murmura-t-il, tout sera bientôt accompli. Tu vas être vengée, et ta chère mère avec toi. Gardez-moi une place auprès de vous, je viendrai bientôt.

Il heurta trois fois de son front le bois du lit, reprit la chandelle et quitta la pièce.

Le scribe n'était pas rentré : il était sans doute allé, comme chaque soir, jusqu'aux remparts. Cela lui laissait grandement le temps de lui préparer une efficace potion.

Colas Kerével passa dans l'arrière-boutique, saisit le pot ventru et l'ouvrit.

19

Huis clos

Assis sur les remparts, Garin regardait le soleil disparaître. Il fallait qu'il s'en aille, il l'avait vu dans les yeux de l'apothicaire. Il allait faire son paquet. Il quitterait l'officine demain. Il avait un peu trop tenté le diable, il n'aurait pas dû parler de thym. Colas Kerével savait qu'il mentait – il en aurait mis sa main au feu – et il savait donc qu'il cherchait à percer ses secrets.

Dommage ! Il partait sans avoir appris de recette pour enrayer les rhumes qui le tenaient parfois deux semaines, le nez en feu et les yeux larmoyants, ni les maux de dents capables de lui gâcher tout un printemps.

Quand il revint à la boutique, il faisait presque nuit. Colas Kerével avait allumé une lampe à huile, et la flamme se reflétait de manière inquiétante sur les bocaux repeints à neuf. Il ne semblait plus penser à cette affaire de sac, et lui avait même préparé une infusion qui sentait la menthe.

– Je me suis montré un peu méfiant avec toi, s'excusa-t-il. C'est que je suis un vieil ours qui a un peu de mal à admettre le bouillonnement de la jeunesse. Installe-toi ici et bois tranquillement.

Garin sentit la préparation avec une vague méfiance.

– Je n'ai pas besoin de me protéger contre la maladie, remarqua-t-il. Je ne mange jamais de poisson.

Il fut interrompu par deux coups sur la porte.

– Qu'est-ce que c'est ? demanda l'apothicaire.

– C'est moi, Robin, le marchand de chandelles !

La porte s'ouvrit sur un homme barbu, costaud, portant sur l'épaule une longue perche où étaient accrochées par la mèche des chandelles en faisceau. Le tout dégoulinait d'eau. Il pleuvait donc ?

– Quel déluge ! s'exclama le nouvel arrivant en secouant ses cheveux trempés. Ça s'est mis à tomber d'un coup, pas le temps de voir venir.

D'un coup… Le vieux à la chèvre ?

– Vous savez la nouvelle ? reprit Robin.

Il ne put en dire plus, car la porte grinça et Nicole entra à son tour. Elle paraissait très agitée et lança aussitôt :

– La mer est démontée, et quand je suis passée sur la grève, je L'ai entendu.

– Tu L'as entendu ? souffla le marchand de chandelles inquiet.

– Jean-du-Rivage en personne. Que ça vous fait froid dans le dos. Iou hou hou ! Iou hou hou !…

– Légende, que tout ça, bougonna l'apothicaire en haussant les épaules.

– Que vous croyez, se fâcha Nicole. Moi, on ne me fait pas prendre des vessies pour des lanternes. Ce maudit entraîne sous l'eau ceux qui ont le malheur de lui répondre, et on les retrouve noyés au matin. Ça s'est déjà vu plus d'une fois. Et là, il m'a appelée par mon nom. Par mon nom !

– Et qu'est-ce que tu as fait ?

– Je me suis bouché les oreilles de toutes mes forces et j'ai couru. Avec Jean-du-Rivage, c'est la seule solution. Moi, on ne me roule pas si facilement, hein !

Elle avait les joues rouges et le souffle court. Malgré ce qu'elle prétendait, elle avait eu très peur.

Garin observa soudain son visage empourpré. Nicole… Elle avait volé de la belladone. Était-ce la première fois qu'elle s'introduisait ainsi dans l'officine ? La porte, autrefois, n'en était jamais fermée…

Robin éternua, si fort que ça le plia en deux. Tandis

que chacun murmurait précipitamment un « Dieu vous bénisse » protecteur, il s'aperçut, en relevant la tête, de la présence de Garin derrière le comptoir. Il resta là un moment, à le fixer d'un air étrange, comme s'il se sentait gêné.

– C'est votre apprenti ? demanda-t-il.

L'apothicaire ne répondit pas.

– Il apprendra vite, poursuivit l'homme avec lenteur.

– Pourquoi dis-tu cela ? s'étonna Colas.

– C'est ce qu'on prétend.

– Qui ?

– Sans doute que le bruit est venu par les begou-noz*, intervint Nicole en hochant la tête pour bien montrer qu'elle était sûre de son fait. On dit que le garçon a un pouvoir. Il ne s'est pas fait dévorer par les chiens de Morvan Le Raz, qui sont pourtant de sales bêtes. Toute la ville en parle.

Il y eut un court silence.

– Et la nouvelle que tu avais à nous apprendre ? demanda Colas au marchand de chandelles.

– Ah oui : je viens de passer chez Daniel Dauzon. La maison est en deuil. Riwal est mort.

Riwal ? Crédiou !

L'apothicaire hocha la tête sans faire de commentaire, puis, à la grande surprise de Garin, il lui retira le bol des mains.

– Je viens de songer, expliqua-t-il, que pour ta nature, il faut que j'ajoute là-dedans autre chose.

– Si c'est une décoction contre la maladie, dit le marchand de chandelles, j'en prendrais bien un peu.

---

* Lutins qui surprennent les paroles et les répètent.

Et il tendit la main.

Allons bon ! Colas Kerével venait de lâcher le bol !

– Ce que c'est que de vieillir ! se lamenta l'apothicaire d'un ton qui ne lui était nullement habituel. Je vais te préparer un autre bol.

Garin contemplait sans rien dire les morceaux sur le sol.

– Ne vous tracassez pas, protesta Robin en sortant un petit sac de toile de sa poche. Mettez-moi simplement là-dedans ce qu'il faut. J'ai hâte de rentrer chez moi me réchauffer. Rien ne vaut son foyer et le feu de sa cheminée pour guérir un rhume.

– Je vais m'en occuper. Il faut que j'en fasse aussi pour Nicole.

– Il me faudrait en plus quelque chose pour mon frère, ajouta la lavandière. Il s'est blessé avec son herminette. La plaie est vilaine.

– Pour ça, intervint le marchand de chandelles, il faut mettre dessus une page couverte de prières et bien l'enfermer dans le pansement.

– Justement. On n'a pas de livre de prières et personne dans cette ville ne veut se séparer de la moindre page. Tous des trouillards ! Ils disent que ça protège leur maison et ils ne veulent pas en lâcher le plus petit morceau. Il faudrait que le scribe m'écrive sur un bout de parchemin un bout de prière à la Vierge. Je la ferai bénir par un prêtre et ça vaudra tout pareil.

– Un bout de prière sur un bout de parchemin, interrogea Garin, ça vient à bout du mal, maître Colas ?

L'apothicaire haussa les épaules d'un air agacé, attrapa un peu d'argile verte dans le tonneau, ajouta quelques gouttes dont Garin ne put pas repérer l'origine, malaxa le tout et le tendit à Nicole.

– Mets-lui ça sur la blessure, et pour la prière reviens demain.

Nicole partie, il se dirigea vers les étagères. Maintenant que tous les noms étaient inscrits en gros, il ne pouvait dissimuler qu'il mettait de la menthe, de l'ache, du thym et de la marjolaine. Il passa néanmoins dans l'arrière-boutique pour faire son mélange. Garin ne saurait jamais quelle quantité de chaque plante était nécessaire.

– Merci, dit Robin en ramassant son sachet de feuilles. Combien est-ce que vous voulez de chandelles ? Une livre, comme d'habitude ?

– Deux chandelles seulement, répondit Colas. Cela sera suffisant.

Deux ? Mais…

Garin faillit rappeler qu'ils avaient usé les dernières en travaillant fort tard, et… Il resta muet de stupéfaction. Comment n'y avait-il pas songé plus tôt ? Colas Kerével avait reçu, pour une seule et même maladie, la ville entière, sans jamais manquer de remèdes avant la veille. Et ensuite, il avait tout renouvelé. Tout ! Sauf les bocaux de plantes toxiques et le pot ventru de l'arrière-boutique.

S'il avait tout renouvelé, c'est qu'il avait tout distribué pour soigner l'épidémie. « Tout », cela signifiait forcément « n'importe quoi ». Donnait-il au hasard, pour voir ce qui marchait ? Chaque personne était-elle de nature tellement unique qu'il lui faille une médication particulière ? Alors, c'était à y perdre son latin ! A cet instant, la porte de l'officine s'ouvrit et Morvan Le Raz entra.

Garin se rencogna discrètement derrière le comptoir. L'endroit étant obscur, le passeur ne s'aperçut même pas de sa présence.

– On dit que tu as refait tes provisions, Colas. Donne-

moi donc un bol de ton remède, pour que je commence le traitement tout de suite…

L'apothicaire examina avec soin le visage de Morvan, prit un peu de verveine, un peu de primevère, et passa dans l'arrière-boutique. Tiens ! Morvan avait droit au pot ventru. Colas jeta les plantes dans une cruche, puis saisit la bouilloire qui chantonnait sur la chaufferette.

L'if du pot ventru n'était réservé qu'à quelques personnes. Se ressemblaient-elles ? Avaient-elles la même complexion ? Voyons… A qui en avait-on donné ?

Au bonnetier. Sûr et certain. Ça ne l'avait pas tiré d'affaire. Si l'if était bon pour cette épidémie, ce n'était pas à tout coup.

– Je voulais vous dire, chuchota Morvan en se penchant en avant, votre scribe… Méfiez-vous-en.

– Ah bon ? fit Colas Kerével sans révéler la présence de Garin.

– Il possède d'étranges pouvoirs…

– Je sais, remarqua l'apothicaire en versant une grande louchée de sa préparation dans un bol.

– Enfin, fit Morvan surpris du peu d'effet de sa nouvelle, toute la ville en parle. Quant à moi, je m'en lave les mains. Je vous laisse libre d'héberger chez vous un jeteur de sort. (Il baissa encore la voix.) Il ensorcelle les animaux féroces comme un rien.

– Il a de très grands pouvoirs, acquiesça Colas en tendant à Morvan le bol fumant, et avant tout, le pouvoir de connaître les âmes, et de voir la vérité.

Mordiou, que voulait dire ce charabia ?

– Cette maudite épidémie a quand même du bon, reprit Morvan, et je vais pouvoir reconstituer mon troupeau. C'est sans doute la peur de mourir avec ses péchés sur la conscience : mon frère se décide enfin à me rembourser mes vaches.

– C'est donc lui qui était responsable de leur mort ? interrogea l'apothicaire d'un ton sarcastique.

Morvan avala la potion fumante avant de répondre :

– La preuve !

– Pourtant, prononça l'apothicaire sans le quitter des yeux, vos bêtes ont bien pu simplement brouter de l'if. L'if, c'est très mauvais pour la santé. Très. C'est un poison mortel.

Le passeur arrêta de rire. Il fixa sur l'apothicaire des yeux furieux, puis il tourna les talons et se dirigea vers la porte d'un pas plein de colère.

– Poison mortel ! lança encore Colas Kerével.

Et sur son visage passa un sourire mauvais.

... Crédiou ! Garin bondit de son siège en s'écriant :

– C'est un plein bol d'if que vous lui avez donné ?

L'apothicaire lui lança un regard ironique.

– Il ne va rien reconstituer du tout, lâcha-t-il, et Pezron pourra garder son argent pour de meilleures causes.

Sambieu ! Ce Morvan était détestable, mais on ne pouvait pas laisser faire ça ! Garin se précipita vers la porte.

– Va le prévenir si tu veux, ricana Colas. C'est de toute façon trop tard.

Garin agrippa le poignet de l'apothicaire et lui tordit le bras dans le dos.

– C'est de l'if ? hurla-t-il de nouveau. C'est de l'if que vous avez acheté à l'homme qui est venu la nuit, c'est de l'if que vous avez donné au bonnetier et aux autres ?

– Morvan a bu, dit l'apothicaire sans se frapper. C'est fini pour lui. En plus de l'if, je lui ai mis quelques autres petites choses, encore plus rapides et efficaces.

– Je vais vous dénoncer !

– Que veux-tu que ça me fasse ?

De surprise, Garin lui lâcha le poignet. L'apothicaire paraissait extrêmement paisible. Il était fou. Fou à lier.

– Ainsi, c'est vous... C'est vous le sorcier. C'est vous qui avez lancé la malédiction sur le poisson. Et vous empoisonnez à l'if ceux qui n'en meurent pas.

L'apothicaire plia son maigre corps en deux. On aurait dit que, pour la première fois, il riait.

– Mon pauvre ami, hoqueta-t-il, tu n'as rien compris !

20
La vérité

Colas Kerével s'assit sur le tabouret près du comptoir. Il riait toujours.

– Qu'est-ce que je n'ai pas compris ? fit Garin entre colère et perplexité.

– Mon pauvre ami… Bien qu'on ne manque pas de sorciers à Conq, la malédiction sur le poisson est pure invention !

– Quoi ? Mais comment aurait-on pu empoisonner autrement la totalité des barils, chez tous les sauniers ?

– Empoisonner ? s'exclama l'apothicaire en cessant enfin de glousser. Pourquoi faire ? Il a suffi d'en répandre la nouvelle !

– En répandre la nouvelle ?

– Oui ! Alors ils se sont tous précipités ici et j'ai soigné ceux que je voulais à l'if, les autres à n'importe quoi, puisqu'ils ne risquaient rien.

Par saint Garin, avait-il été bête !… Et quand l'apothicaire avait su que les enfants des pêcheurs allaient souffrir de la faim, il avait précisé qu'on pouvait manger le poisson frais, et que seul le salé était dangereux. Fou, l'apothicaire ? Pas tant que ça… Il lui avait dit un jour :

« Il ne faudrait pas que toute la ville soit décimée. Certains ne l'auraient pas volé, mais il faut penser aux innocents. »

– Pourquoi avez-vous fait cela ? murmura Garin sans arriver à croire ce qu'il entendait.

Colas respirait bruyamment, il semblait secoué de spasmes, et Garin s'aperçut qu'il pleurait. Décontenancé, il répéta sans s'en apercevoir :

– Pourquoi ?

Colas Kerével tourna la tête et s'appuya contre le comptoir.

– Ma petite... Ma petite... bredouilla-t-il. C'est à cause d'eux. Tout est à cause d'eux. Ma femme. Ma fille.

– Que voulez-vous dire ?

– Ma femme, ils l'ont méprisée, ils l'ont raillée, personne ne lui parlait, sauf Pezron. Sous le prétexte que sa peau était sombre, qu'elle venait de Syrie.

Il leva des yeux pleins de larmes et Garin y vit tant de désespoir qu'il ne pensa plus à lui en vouloir.

– Pendant la grande mortalité, reprit l'apothicaire, comme les pestilences fauchaient tout sur leur passage, le bruit s'est répandu que la faute en était aux étrangers, et qu'il fallait les brûler sur un bûcher. Une horreur. Et j'ai appris que c'est ma propre famille, les Goupil, qui en avait lancé la rumeur. Comme tu le sais, les bruits courent très vite. Alors ma femme a pris peur, elle s'est enfuie. C'était la nuit. Elle croyait pouvoir franchir le passage à la nage, mais la marée descendait vite et les courants étaient forts. Elle s'est noyée.

Oui... Il avait dit : « Chacun devrait faire son examen de conscience. »

L'apothicaire s'essuya les yeux d'un revers de main et continua :

– J’ai tenu bon à cause de ma fille. J’étais seul. Ma famille refusait de la voir. Une « moricaude », disaient-ils. Elle en souffrait terriblement. Vous n’avez pas connu ma fille… C’était une fille très belle, très douce. Elle aurait fait une bonne épouse. Daniel Dauzon voulait bien la marier à son fils, juste pour l’argent, mais elle n’aurait pas été heureuse, car Riwal était un garçon sans cœur. « Trop foncée », disait-il. Il a remis le mariage de mois en mois… Comme le sort est cruel !

L’apothicaire se mit de nouveau à sangloter. C’était terrible, et Garin n’osait pas faire un geste.

– Ma fille était malheureuse, je le voyais bien. … Un soir, elle s’est sentie mal. D’abord, je n’ai pas compris ce qui arrivait. Je l’ai vu étouffer, gémir, vomir. Et puis, la diarrhée, la soif, les crampes, le refroidissement… C’est alors que la servante, desservant la table, s’est servi du poisson qui restait. Ma fille l’a aperçue, et elle a crié : « Non ! » Là j’ai compris. Et il était trop tard. Ma fille savait que je ne mangeais jamais de poisson, et elle avait empoisonné son plat à l’arsenic pour mourir sans que je découvre qu’elle avait attenté à sa vie. Pour moi, c’était fini. La douleur était trop forte, je savais que je n’y survivrais pas. En la voyant morte, je me suis juré que les autres mourraient aussi, tous ceux qui étaient responsables de son malheur et de celui de sa mère.

Les yeux de l’apothicaire lançaient maintenant des éclairs. Garin restait bouche bée. « C’était la première touchée par la maladie, avait-il dit un jour. Alors, j’ai voulu comprendre pourquoi elle était morte, je me suis juré de trouver le coupable et d’en venir à bout. » Contrairement à ce qu’avait cru Garin, ce n’était pas du poisson qu’il parlait !

– Vous les avez tous empoisonnés à l'if ?

– Non. Au début, j'ai mélangé de l'arsenic à l'argile. L'arsenic, ça n'a pratiquement pas d'odeur.

Louise, la petite noiraude… elle en avait eu. Et l'heure à laquelle elle devait en prendre avait si peu d'importance que l'apothicaire avait oublié de la lui préciser.

… Crédiou ! Et les Anglais ! Il avait bien failli empoisonner sans le savoir le chef de l'armée anglaise !

– Il y a eu plusieurs morts, reprit Colas, et alors on a pensé à une épidémie. C'est là que m'est venue l'idée d'accréditer les bruits, et de mettre l'épidémie sur le compte des poissons, pour ruiner les Goupil, cause de tous mes malheurs. Eux, je ne pouvais pas les empoisonner puisqu'ils ne mettaient jamais les pieds ici.

– Et vous avez changé de poison ?

– Oui. L'empoisonnement à l'arsenic est un peu trop caractéristique. J'hésitais encore, quand tu as donné de l'argile aux Anglais. Alors je me suis décidé, et j'ai enterré le baril. L'if est un poison moins ordinaire, moins facilement identifiable. Tu ne t'es pas rendu compte que les symptômes n'étaient plus les mêmes ?

Bien sûr ! Le gardien de l'entrepôt, le bonnetier et sa femme… Ni diarrhée ni vomissements.

– Vous en aviez en réserve : vous attendiez la livraison, sur la grève, le jour où je suis arrivé.

– Tu as compris ça ? Je ne m'étais donc pas trompé sur toi.

Sur lui… Justement, pourquoi alors l'avoir engagé ?

– Et quand vous m'avez surpris à sentir le pot ventru, quand vous avez su que j'avais découvert qu'il ne contenait pas de primevère, vous m'avez chassé. Pourquoi ensuite m'avoir retenu ?

– Je craignais que tu aies reconnu l'if, et que tu aies remarqué que j'en avais donné à certains. Je ne voulais pas que tu partes ainsi, au risque que tu racontes ce que tu avais vu.

Garin en eut froid dans le dos : et lui, bêtement, il était resté, par simple curiosité !

– Pourtant, reprit l'apothicaire dans un souffle, ce n'est pas la seule raison, et finalement, je me félicite d'avoir cassé ce bol…

– Le bol ? s'exclama Garin avec effroi. Vous vouliez m'empoisonner ?

– Tu ne serais pas mort. Tu aurais juste été très malade.

– C'est gentil à vous…

– Je ne sais pas ce qui m'a pris, poursuivit l'apothicaire. Tu es un sale petit fouineur, mais tu es innocent de tout et, même, je crois que tu es une âme pure. Dans ma folie vengeresse, j'allais me laisser aller à éliminer une âme pure.

On avait traité Garin de bien des noms, mais d'âme pure, jamais.

– Et vous n'avez plus peur que je parle, interrogea-t-il avec réticence, que je dise ce que je sais ?

– Au contraire. Il faut que tu le dises. C'est aussi pour ça que je t'ai laissé en vie. Si je t'ai trouvé un second travail après les pots, c'était pour que tu restes. Bien sûr, je craignais que tu ne découvres la vérité trop tôt, cependant j'avais besoin de toi.

– Pour les manuscrits ? s'ébahit Garin.

– Bien sûr que non ! Pour le moment où j'aurais terminé mon œuvre de vengeance. Malheureusement, je n'avais pas fini, et je voyais que tu commençais à avoir des soupçons, alors je t'ai préparé ce bol pour que tu ne parles pas trop tôt. Tu aurais été malade une semaine, le temps que j'en termine.

– Une semaine… Très amusant. Justement, je rêvais de passer une semaine au lit. Qu'est-ce qui vous a fait changer d'avis ?

– Riwal est mort, alors ce n'était plus utile.

– Riwal était le dernier de votre liste ?

– Seulement le plus important. Maintenant, si je n'ai pas fini, tant pis. Tu parleras, et tous ceux-là (il fit un geste qui semblait englober la ville entière), tous ceux-là sauront. Ils sauront comment Colas Kerével s'est vengé.

Ils sauront que c'est leur méchanceté qui les a tués. Ils sauront que toutes leur mauvaises actions leur ont été comptées. Tu leur diras, n'est-ce pas ?

– Maître Colas, ils vous tueront, ils cracheront sur votre cadavre, ils vous maudiront jusqu'à la fin des temps.

– Je m'en moque. L'enfer, je le connais. Il est ici. J'y ai passé ma vie. Tu le leur diras, jure-le-moi !

Sans s'en apercevoir, Garin acquiesça de la tête.

Alors, l'apothicaire tendit la main vers la cruche qu'il avait préparée pour Morvan et, avant que Garin ne réalise ce qui arrivait, il la vida d'un trait.

Demain. Il attendrait demain. Il n'y avait pas d'urgence à ce que la ville sache que l'apothicaire était mort.

Garin avait rédigé des testaments pour bien des gens, mais c'était la première fois que le testament était verbal et qu'il avait, lui, à exécuter les dernières volontés d'un mourant. « Le pouvoir de connaître les âmes et de voir la vérité », avait dit maître Colas. Garin comprenait à quoi pensait alors l'apothicaire : il voulait lui confier le soin de révéler la vérité.

Seulement... la vérité était terrible, et le pauvre apothicaire, maudit par tous, serait promis à l'enfer. Et il ne pourrait compter sur aucune prière pour le tirer de là au jour du jugement dernier.

Sur le comptoir gisaient les deux chandelles neuves. Deux. Colas Kerével avait raison : il n'en aurait plus besoin.

Garin porta l'apothicaire sur son lit, lui ferma les yeux et croisa ses mains sur sa poitrine. Puis il alluma les chandelles et les planta de chaque côté du corps.

Demain. Que dirait-il demain ?

La cloche de l'église sonna à toute volée, les portes s'ouvrirent, et le cercueil de l'apothicaire parut. C'était le plus beau, le plus riche qu'on ait pu trouver. Il était porté par les notables en grande tenue, et la ville entière suivait. En tête du cortège venait Pezron et, à ses côtés, il y avait ce garçon, ce scribe aux étranges pouvoirs, qui avait dompté les chiens. « D'un regard », avait dit Morvan. On n'en saurait jamais plus car, maintenant, le passeur était mort. A dire vrai, personne ne le regrettait. D'ailleurs, de tous ceux que la maladie avait tués, aucun ne donnait vraiment de regrets.

Le garçon aux étranges pouvoirs leur avait tout raconté. Il leur avait révélé qu'il n'était pas venu à Conq par hasard, qu'il n'avait pas pris pension chez l'apothicaire par hasard. C'est qu'auparavant, il lui était arrivé une étrange aventure : tandis qu'il dormait près de la rivière, la Vierge lui était apparue en compagnie d'une femme, une femme à la peau foncée, qui lui avait appris que sa fille venait de mourir à cause de la méchanceté d'une ville, comme elle-même était morte bien des années auparavant.

On en avait été suffoqué : la Mauresque ! Le garçon avait vu la femme de Colas Kerével en compagnie de la Vierge… Une Mauresque qui était à peine chrétienne !

Impossible pourtant de douter de ce que disait le garçon : il était trop jeune pour avoir connu cette femme et il n'était jamais venu à Conq auparavant.

La Vierge Marie avait pris la parole et elle avait dit : « Le doigt de Dieu a montré la ville, le doigt de Dieu frappera les coupables. Une malédiction s'abattra sur Conq. Seuls pourront survivre les justes, grâce à toi, Garin, qui sauras d'où vient le mal, et grâce à l'époux de cette femme qui saura le soigner. Toutefois, pour les coupables, il ne pourra rien. » Puis le visage de saint Corentin s'était dessiné dans le ciel pour annoncer que le mal viendrait par le poisson salé.

Ce qu'avait dit le scribe se tenait : c'est peu après son arrivée que Colas avait pu prévenir que le mal était dans le poisson.

Pauvre Colas Kerével ! Il s'était tant dévoué pour les sauver ! Et voilà qu'il s'était éteint à son tour. Maintenant, il n'y avait plus de remèdes pour leur venir en aide, alors tous ceux qui pouvaient avoir encore un petit quelque chose à se reprocher envers la Mauresque s'abstiendraient pour bien des années de consommer du poisson salé. Les Goupil pouvaient fermer boutique.

Colas Kerével fut enterré près de sa femme et de sa fille, avec les larmes, les honneurs, les regrets. On s'engagea à dire, chaque semaine, une messe pour le repos de son âme, et cela aussi longtemps que vivraient les hommes et les femmes qui avaient connu cette terrible histoire.

Garin jeta un dernier regard aux bocaux bien alignés sur les étagères. Les remèdes, les poisons, les antidotes.

« Antidote ». Voilà qui pouvait être fort utile dans un maître mot.

Hum… il y avait déjà « bouclier » dans ce maître mot, et deux protections pouvaient passer pour de la lâcheté. Bien sûr, « chevalier » rattrapait, mais « le chevalier au bouclier d'antidote » manquait peut-être un peu de vaillance…

Dehors, le ciel était tout bleu et, au-dessus de la ville, les mouettes continuaient leur vacarme assourdissant.

La vie était belle et longue, et il s'en allait le cœur léger. L'épidémie s'était arrêtée, et la ville prierait longtemps pour l'âme de Colas Kerével. C'est que (et il était le seul à le savoir) cette pauvre âme en avait grand besoin.

Est-ce que l'apothicaire serait content de lui ? Il avait fait ce qu'il avait juré : tout dire à la ville. ... Colas Kerével n'avait pas précisé ce que comportait ce « tout », ce qui lui avait laissé une petite liberté d'interprétation. Pour lui, la ville devait savoir que l'origine de la malédiction était dans sa propre méchanceté à l'égard de la Mauresque et de sa fille, rien de plus. Le rôle précis de Colas lui paraissait… secondaire. Une malédiction envoyée par Dieu, ça vous avait quand même une autre gueule !… Et ça ne privait pas de prières un pauvre apothicaire qui n'avait été que le doigt de Dieu. D'ailleurs, pour aider à son salut, Garin avait même légué aux pauvres tous ses biens.

Comment ça, il n'en avait pas le droit ?

… Bien sûr, il avait dû, pour cela, écrire un faux testament mais – saint Garin pouvait en témoigner – c'était pour la bonne cause. On n'allait tout de même pas laisser cette fortune aux Goupil !

Garin glissa dans son sac le *Tacuinum Sanitatis* et le *Livre des Simples Médecines*, qui n'appartenaient plus à personne et ne pouvaient pas tomber dans de meilleures mains que les siennes. Puis il boucla la porte de l'officine et quitta la ville. Par la chaussée. A pied sec.

Table des matières

Évelyne Brisou-Pellen

L'auteur

Où Êtes-vous née ?
E. B.-P. Par le plus grand des hasards, je suis née au camp militaire de Coëtquidan, en Bretagne. Ensuite, j'ai vécu au Maroc, puis à Rennes, puis à Vannes.

Où vivez-vous aujourd'hui ?
E. B.-P. Je suis revenue à Rennes faire mes études à l'université, je m'y suis mariée et j'y suis restée.

Écrivez-vous chaque jour ?
E. B.-P. Non. Il y a de longues périodes pendant lesquelles je n'écris pas. En revanche, à partir du moment où j'ai commencé un roman, je m'y attelle chaque jour, de manière à bien rester dans l'ambiance.

Êtes-vous un auteur à temps complet ?
E. B.-P. Oui. Mais le travail d'écrivain que je croyais être de solitude et de silence s'est révélé plus complexe : on me demande souvent d'aller dans les classes répondre aux questions de mes lecteurs, et là, point de silence ni de solitude.

Est-ce que votre roman découle d'une expérience personnelle ?
E. B.-P. Moi, je suis comme Garin, j'ai le mal de mer. C'est le seul rapport que je vois entre ce roman et ma vie…

Qu'est-ce qui vous a inspiré cette histoire ?

E. B.-P. La vie n'était pas rose tous les jours au Moyen Âge: quand on n'était pas fauché par les guerres ou les famines, c'étaient les épidémies qui s'en chargeaient. Guerres et famines, on connaissait, on savait à quoi s'attendre. Mais ces épouvantables maladies... Étaient-elles envoyées par Dieu ? Par le diable ? Par un sorcier ? Les étrangers ? Les juifs ? Les lépreux ? Il fallait à tout prix trouver un coupable.

Et si j'expédiais Garin dans une ville atteinte par la maladie ? Une ville enfermée dans ses murs et où tout le monde se connaît. À lui, cette fois, de découvrir les raisons de l'épidémie.

Du même auteur chez Gallimard Jeunesse

FOLIO JUNIOR

Le Défi des druides, n° 718

Le Fantôme de maître Guillemin, n° 770

Le Mystère Éléonor, n° 962

Les Disparus de la malle-poste, n° 1161

Les aventures de Garin Trousseboeuf

L'Inconnu du donjon, n° 809

L'Hiver des loups, n° 877

L'Anneau du Prince Noir, n° 1314

Le Souffle de la salamandre, n° 1369

Le Secret de l'homme en bleu, n° 1269

L'Herbe du diable, n° 1216

Le Chevalier de Haute-Terre, n° 1137

Le Cheval indomptable, n° 1425

Le Crâne percé d'un trou, n° 929

Les Pèlerins maudits, n° 1003

Les messagers du temps

1 - *Rendez-vous à Alésia*, n° 1492
2 - *Le Maître de Lugdunum*, n° 1493
3 - *L'Otage d'Attila*, n° 1494
4 - *Le Sceau de Clovis*, n° 1524
5 - *L'Épée des rois fainéants*, n° 1525
6 - *Le Noël de l'an 800*, n° 1526
7 - *Hugues Capet et les chevaliers noirs*, n° 1572
8 - *Le Faucon du roi Philippe*, n° 1586
9 - *Le Chevalier de Saint Louis*, n° 1593
10 - *Le Royaume d'Osiris*, n° 1614

GRAND FORMAT LITTÉRATURE

Les aventures de Garin Trousseboeuf

La Tour de Londres

Nicolas Wintz

L'illustrateur

Nicolas Wintz est né en 1959 à Strasbourg. Il illustre depuis 1981 des livres documentaires, historiques ou de fiction. Il a réalisé plusieurs albums de BD et travaillé pour le dessin animé et la presse.
Aux éditions Gallimard Jeunesse, il a illustré toute la série des aventures de Garin Trousseboeuf, d'Évelyne Brisou-Pellen, dans la collection Folio Junior.

Retrouve **Garin Trousseboeuf**
pour d'autres aventures

dans la collection

folio junior

L'INCONNU DU DONJON

n° 809

Les routes de Bretagne sont peu sûres en cette année 1354. le jeune Garin se trouve pris dans une bagarre entre Français et Anglais, et enfermé au château de Montmuran. Il y a avec lui un drôle de prisonnier, un homme dont personne ne sait le nom. Garin découvre son identité. Hélas ! cela ne va lui causer que des ennuis, surtout lorsqu'on s'aperçoit que le prisonnier s'est mystérieusement volatilisé…

L'HIVER DES LOUPS

n° 877

Au milieu du XIVe siècle, en Bretagne. Poursuivi par les loups qui pullulent en cet hiver très froid, Garin trouve refuge dans une maison isolée où vit Jordane, seule avec ses deux petites sœurs. Qui est-elle ? Garin se rend compte que les villageois en ont peur, presque autant que des loups qui les encerclent.

L'ANNEAU DU PRINCE NOIR

n° 1314

Garin descend dans le Sud pour avoir plus chaud. Ah ça oui, il va avoir chaud ! De Toulouse à Carcassonne et même jusqu'à Narbonne, les villages sont en feu. Mais il s'est donné une mission, et il l'accomplira ! Malgré le danger. Malgré ce mystérieux Prince Noir dont on commence à murmurer le nom…

LE SOUFFLE DE LA SALAMANDRE

n° 1369

Automne 1355. À Albi, Garin apprend qu'un étudiant vient d'être assassiné. Comme il le connaissait, il se rend à Cordes pour retrouver Sébelie, dont l'étudiant était amoureux, et lui annoncer la nouvelle de sa mort. Seulement, voilà : elle aussi a disparu, apparemment enlevée par l'étudiant en question. C'est à n'y rien comprendre. Et si c'était la seule chose bizarre, dans cette ville ! Garin va de surprise en surprise… Il découvre que des habitants de Cordes pratiquent l'alchimie et que la disparition de la jeune fille serait liée au secret de la fabrication de l'or…

LE SECRET DE L'HOMME EN BLEU

n° 1269

Malin, ce Garin ! À peine rencontre-t-il le mystérieux homme en bleu qu'il lui propose ses services de scribe. L'homme prétend être un simple marchand et se rendre à Venise pour affaires, mais il est accompagné d'une petite fille et ne fait rédiger que… son testament ! Pourquoi refuse-t-il de dire son nom ? Et que cache son obsession pour la couleur bleue ? Garin ne résistera pas longtemps à son plus vilain défaut, la curiosité…

L'HERBE DU DIABLE

n° 1216

En ce jour de décembre 1356, Garin croise un homme mourant qui lui confie une boîte à faire parvenir au plus célèbre habitant d'Avignon : le pape en personne ! Mais il se passe des choses étranges au palais de Sa Sainteté. Garin aimerait notamment bien découvrir qui a dérobé l'ellébore, l'herbe du diable, un puissant poison, et surtout pourquoi…

LE CHEVALIER DE HAUTE-TERRE

n° 1137

Garin a été engagé par le chevalier de Haute-Terre pour rédiger ses chroniques. Il est alors entraîné dans des aventures incroyables : il manque de se faire piétiner par des cochons à Rennes, percer de flèches à Rochefort, assassiner à Suscinio. Suivre un chevalier n'est pas de tout repos, d'autant que l'homme semble à moitié fou. Garin peut-il l'abandonner ? Le jeune scribe a promis de l'aider à retrouver le château où son fils serait retenu prisonnier... Mais faut-il croire à son histoire ?

LE CHEVAL INDOMPTABLE

n° 1425

Les foires de Champagne fourmillent de monde ! Garin va donc y proposer ses talents de scribe. C'est là qu'il croise Pétronille. Cette petite peste cherche à acheter un mystérieux cheval que personne ne parvient à monter. Seulement, elle a bien du mal. Tout se complique et, à Provins, Garin se décide finalement à l'aider.

LE CRÂNE PERCÉ D'UN TROU

n° 929

En entrant comme scribe au Mont-Saint-Michel, Garin croit trouver le calme et la sécurité. Quelle erreur ! Il est à peine arrivé qu'une précieuse relique, le crâne de saint Aubert, disparaît. Puis un vieux scribe, qui a égaré des papiers importants, meurt dans des circonstances inquiétantes. Se pourrait-il que le crâne se soit vengé de si terrible façon ?

LES PÈLERINS MAUDITS

n° 1003

Entre Tours et Poitiers, Garin, le jeune scribe, est attaqué par des brigands et ne leur échappe que grâce à son imagination. Aussi, lorsqu'il croise un groupe de pèlerins en route pour Compostelle, il se joint à eux sans hésiter. Mais il apprend que l'un d'eux vient de mourir dans d'étranges circonstances. Et le lendemain, un autre pèlerin est retrouvé mort avec, planté dans le cœur, le poinçon de Garin ! La peur s'empare du groupe. Pourquoi ces mises en scène ? Et qui sera la prochaine victime ?

Le papier de cet ouvrage est composé de fibres naturelles, renouvelables, recyclables et fabriquées à partir de bois provenant de forêts gérées durablement.

Mise en pages : Françoise Pham

Loi n° 49-956 du 16 juillet 1949
sur les publications destinées à la jeunesse
ISBN : 978-2-07-065417-8
Numéro d'édition : 253240
Premier dépôt légal dans la même collection : mai 2000
Dépôt légal : avril 2013

Imprimé en Espagne par Novoprint (Barcelone)